Fan
ファン文庫
TearS

美容室であった泣ける話

JN131079

株式会社 マイナビ出版

TearS

CONTENTS

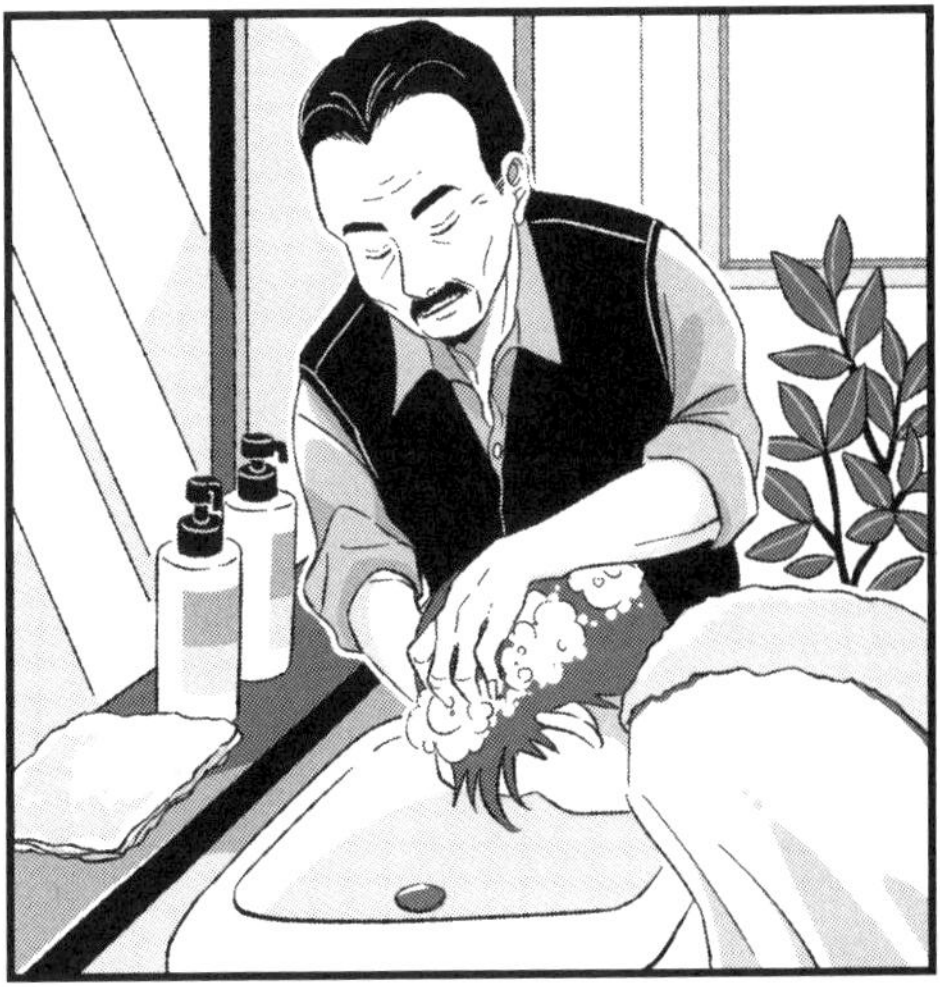

頭パープル

鳩見すた

休日は音速で過ぎていき、髪はいつの間にか伸びている。

三十歳になってから時間の流れが加速した。残された人生は思ったよりも短いかもしれないと焦り、僕は彼女にプロポーズした。

「ひとまず髪を切ってきなよ。いい店を紹介してあげるから」

彼女は感激も拒絶もせず、僕をクールにあしらった。

まあ風呂上がりにタオルで頭をばさばさやっていたと思ったら、急に熱っぽく愛を語ってきた交際相手への対応としては正解だろう。

僕は去年もペンギンの子育てドキュメントを見て感動し、勢いで彼女に求婚している。あのときも「冷静なときにまた言って」という反応だった。

そんなわけで翌日、僕は落ち着きを求めて彼女に教わった店へ向かった。

店の前にはくるくる回る、赤、青、白の太い棒。

ドアに書かれた店名は、潔《いさぎよ》すぎる『バーバーたかお』。

この田舎町でもとんと見かけない、ごりっごりの床屋だ。いつの頃からか髪は美容院で切るようになったので、こういう店にはずいぶんきていない。

「いらっしゃいませ。こちらへどうぞ」

先客がいなかったようで、ドアを開けるとすぐに案内された。オールバックに口ひげという絵に描いたようなマスターが、革張りの椅子を回転させる。

「床屋は久しぶりのようですね」

席に座るなりそう言われた。「わかるんですか」と驚くと、マスターが返事の代わりに僕の襟足《えりあし》を撫《な》でてにやりとする。

よくわからないけれど、ちょっと変わった人らしい。まあ彼女が勧めてくれた店だから大丈夫だとは思うけど。

「本日はどうなさいますか」

「えっと……じゃあ短くそろえる感じで」

マスターがうなずき、目の前でシャワーの温度を調節する。

そうだった、そうだった。すぐに髪を切り始める美容院と違い、床屋はまずシャンプーから入るのだ。しかも洗髪台は客の目の前にあり、美容院のように席の移動もない。僕はなつかしい気持ちで前傾する。

「うちの子も、ちょうどお客さんくらいの年頃でね。いまでこそうちで髪を切ってるけど、中学生のときは店に寄りつかなかったよ」

「わかります。僕は高校生だったかな。それまでずっと床屋だったのに、急に色気づいて美容院で切り始めるんですよね」

しゃこしゃことシャンプーをされながら、青春時代を回想する。

あの頃のヘアスタイルはみんなアシメだった。没個性と言われても自分がおしゃれになることがうれしくて、高いカット代を捻出するために昼食は友人たちと一斤の食パンをシェアしたものだ。

「まあうちの子は、ちょっと事情が違ったんだけどね。起こします」

タオルで髪を拭かれつつ、軽い気持ちで「どんな事情が」と聞き返した。タクシーでも運転手さんとよく話すタイプだ。

「中二のときにね、子どもが自分で髪の毛を脱色したんだよ。金色に」

「ああ、同級生にもいましたよ。そういうちょっとやんちゃなやつ。僕と同世代なら、ヤンキー漫画の洗礼を受けたんじゃないですか」

「どうだろうね。ただ本人は、茶色程度にするつもりだったんだ。初めてなのに自分でやろうとしたから、ブリーチしすぎたんだよ」

親が理髪店を営んでいるのに、それを頼らない思春期の反抗と失敗。

僕は少年に共感しつつ、同情しつつ、くすくすと笑った。

「イキり中学生あるあるですね。でも金髪だと、上級生や先生にも目をつけられるでしょう。もしかして、それで泣きついてきたんですか」

ハサミを動かし始めたマスターの反応をうかがう。

「いやいや。あいつは意地っ張りでね。急いで白髪染めを買ってきて、また自分で染め直したんだよ」

「頑固ですねぇ、反抗期」

「ところが、今度は頭が紫になったんだ。田舎のドラッグストアに置いてある白髪染めは、基本的におばあちゃん向けだからね」

僕は声を出して笑った。鏡の前で愕然《がくぜん》とする男子中学生を想像して。

「そんなにおかしいかい」

マスターがふいに真顔になり、僕の頭をくいっと動かした。

「あ、いや、すいません」

さすがに笑いすぎたかと謝罪する。マスターにとって少年は身内だ。

「冗談だよ。実際いまでは笑い話さ。ただ、あのときは笑えなかった」

そう言われると、懲《こ》りずに「なにか理由が」と聞いてしまう僕だ。

「二回も失敗して吹っ切れたんだろうね。次の日、あいつは紫頭のまま学校に行こうとしたんだ。さすがに私も止めざるを得なかったよ」

「じゃあ店に引きずってきて、バリカンで丸坊主ですか」

「そうしようとも思ったけどね」

マスターは黙りこんでいる。カットに集中しているのか、話すべきかを迷っているのか。もしも後者なら、話題を変えたほうがいいかもしれない。

「そういえば、床屋さんと美容院ってなにが違うんですか」

「免許の違いだね。もう少しわかりやすく説明すると、さっぱりさせるか、かっこよくさせるかの違いかな」

「さっぱり、ですか」

「理髪店は顔剃《かおそ》りがあるからね。身も心もすっきりするよ」

そうそう。カミソリで産毛を剃ってもらうのは、子どもも心にも好きだった覚えがある。男だってつるつるになるのは気持ちいい。

なるほど。やはり彼女は僕をクールダウンさせたかったようだ。

「でもまあ、結局はみんなのイメージ通りだろうね。床屋はおじさんが散髪する店。美容院は女性がカットする場所。棲《す》み分《わ》けができてるよ。うちはちょっと特殊だけどね。でもおかげで繁盛してるよ」

はてと店内を見回す。子どもの頃に通っていた床屋と、さほど様子は変わらない。主力の客はおじさんというけれど、いまも店内には僕だけだ。

千円カットの店も増えている昨今、本当にはやっているのか疑わしい。

「きみ、いま失礼なことを考えたね」

鏡の中のマスターが、無の表情で手にしたハサミをきらめかせた。

「か、考えてませんよ」

「冗談さ。でもきみの疑問に答えるためにも、さっきの続きを話そうか」

マスターが茶目っ気のある表情で笑う。さっきからちょいちょい二面性を見せてくるのはなんなのか。

「きみが予測した通り、私はあいつを店に引きずってきた。でも髪を刈る前に聞いたんだよ。どうして染めたんだってね」

「やっぱり、マンガとか周りの子の影響でしたか」

「そうとも言える。あいつはね、周囲の人間を威嚇《いかく》したかったんだよ。いじめられてたんだ、あいつは」

鏡の中の僕が、露骨に〝しまった〟という顔をしていた。ほいほい話に立ち入ってしまい、マスターの心の傷をえぐってしまったかもしれない。

「きみは優しい青年だね。いいんだ。気にする必要はないよ」

「ですが」

「話したいのは私だからね。さて、どこまで言ったかな。そう。あいつは学校でいじめられていた。その理由は、私だったんだよ」

さっきまでと違い、マスターの表情が少し翳《かげ》っている。

「あいつは母親の連れ子でね。私とは血がつながってない。母親は再婚してすぐにあいつを置いて消えた。残された私たちは、家族としてはかなりいびつだよ。親子の会話がなくなるのもしかたがない。そう思っていた」

少しやんちゃで、でもありふれた中学生。そんな少年のイメージが大きく変わった。

「つらいですね。その環境は、思春期の子どもに抱えきれる問題じゃない。

「つらいですね。でも、いじめの理由がマスターというのは違いませんか」

「すまないね。順序立てて話すのが難しくて、きみを混乱させたようだ。実はいじめられていたのは、あいつよりも私のほうが先だったんだよ」

なぜと聞きかけて、うっすらと察した。ここは閉鎖的な土地だ。

「妻に逃げられた床屋の店主なんて、ちょっと怖いからね。店には客が寄りつかなくなった。こんな田舎で地元のお客さんが離れたら終わりだよ」

惨状の想像は難《かた》くない。遠方から客が訪れる床屋なんて、カリスマ美容師でも在籍していない限りは無理だろう。

「そしてそんな状態だからこそ、あいつは店に寄りつかなかったんだ。自分は他人に迷惑をかける、〝寄生虫〟だと思ってしまったんだね。心ない周りの人たちのせいで。ほかにもいろいろ言われたみたいだよ」

母親が自分を放棄して失踪し、店はつぶれかけている。

それだけでも罪悪感にさいなまれただろうに、血のつながっていない他人の世話になっている状況だ。立場を自覚するたびに少年は苦しみ、周りに煽《あお》られた際には心が引き裂かれる思いだったに違いない。

「でもあいつは冷静で、かつ根性があったんだ。すぐにでも家を出たいところだけれど、それは現実的じゃない。ひとまず周囲の雑音を威嚇で消して、とにかく中学を卒業しようと考えたんだよ」

よくぞ思ってくれたと、鼻の奥がツンとなる。少年の選んだ方法は幼稚だけれど、彼は自分を責めずに前を向いている。なんと冷静で骨のある男か。

「マスターのお子さん、めちゃめちゃかっこいいですね」

「だろう。あいつはめちゃめちゃかっこいいんだよ。頭パープルだけど」

こらえきれずに吹きだすと、マスターも一緒になって笑う。

「それじゃ、もう一度シャンプーするよ」

いつの間にかカットは終わっていた。普段ならやっと終わりかと思う散髪の時間が、いまは名残惜《なごりお》しく感じられる。

「私はね、子どもが紫の頭になって、初めてあいつの置かれている状況を知ったんだ。血がつながってないんだから無理もない。そうやってあきらめたふりをして、親子の距離を縮めなかったのは私なんだよ。私は怖かったんだ」

シャワーの水音に紛《まぎ》れて、鼻をすする音が聞こえた。

つらい境遇はマスターも同じだ。息子と話してうっかり愚痴をこぼせば、彼を深く傷つけてしまう。だから向きあうことを避けてしまったのだろう。

息子がいじめられている原因を自分だと言ったのは、マスターが過去を悔いている証だ。お互いに心優しい父子だと思う。

「よかったですね。不器用な親子がきちんとわかりあえて」

明るい調子で言ったところ、ぐっと肩を起こされた。

「いま心の中で、『頭パープルのおかげで』って笑ったね」

今度は無表情ではなかったので、遠慮なく「はい」と答える。

「じゃあ続きを教えよう。この話は、ここからがもっと面白いんだ」

タオルで頭を拭かれながら、僕は「なんですと」と身を乗りだした。

「私はね、結局あいつの頭を刈らなかったんだよ」

「じゃあ染め直してあげたんですか。お父さんは優しいなあ」

「いや、切ったんだ。後ろに倒すよ」

マスターが僕のチェアをリクライニングさせた。歯医者で治療を受けるような状態で、顔に温かいシェービングクリームを塗られる。

「あいつはしょせん素人だから、紫に染めた箇所もまだらでね。おまけに金色の部分も残ってた。ああ、いまはしゃべらないほうがいい」

相づちを打とうとして制された。しょりしょりと産毛が剃られている。

「でもそれが幸いしたというかね。上手にカットすれば悪目立ちせず、なんとなくおしゃれに見えると気づいたんだ。しゃべっていいよ」

「うまく想像できないんですけど、メッシュみたいな感じですか」

「いままで言うインナーカラーとハイライトの複合だね。こういうのだよ」

マスターがファッション誌の表紙を見せてくれた。

モデルの女性はふわっとした感じの髪型で、色は全体的にミルクティーっぽいグラデーション。しかし毛先には濃いピンクの色が見え隠れしている。

「すごい。めちゃめちゃおしゃれじゃないですか。床屋なのに」

「きみ、カミソリ当てられてるのに勇気あるね」

「失言を訂正させてください」

「冗談さ。でも実際、当時は美容院でもそういうカラーをやってる店はなくってね。おかしな話だと思うけど、うちの子の髪型がかっこいいと評判になったんだよ。おかげで店にも客が増えた」

「大逆転じゃないですか。僕はいま、めちゃめちゃいい気分です」

他人事ながら興奮した。店が繁盛したのはなによりだけど、血のつながらない親子が互いを誇りに思う様子が想像できる。

「そう感じるのは、顔を剃ってすっきりしたからさ。起こすよ」

チェアの角度が変えられて、再び鏡越しにマスターと向きあう。

「それで、その後はどうなったんですか。結局お子さんは家を出ていった、なんてことないですよね」

「出ていったよ」

「えっ」

「おかげさまで中学以降は平穏にすごせて、結局大学まで卒業して地元の企業に就職した。いまは家を出て、×××でひとり暮らししてるよ」

「そういう意味ですか」

ドライヤーの音で地名は聞こえなかったけれど、僕は胸をなで下ろした。彼には幸せな人生を送ってほしい。

「そんなあいつもね、とうとう結婚するらしい」

「おおっ、おめでとうございます。心から祝福させていただきます。僕みたいに、プロポーズをかわされなくてよかったですね」

マスターが声を出して笑った。僕は声を出さずに泣いた。

「ありがとう。頭パープルの件でわかると思うけど、あいつはそそっかしい子でね。でもその失敗のおかげで、ずいぶんと慎重になった。だから相手に求婚されてうれしかったけれど、一回目は様子を見たらしい」

求婚〝された〟という言葉に違和感を覚えた。

ふと店の入り口を見る。ガラスドアの向こうに札がかかっていた。

裏側であるこちらからは、『OPEN』の文字が読める。

はっと気づいてマガジンラックを見る。

僕は床屋に先入観を持っていた。だから大きな勘違いをしていたのだと、雑誌の種類を見て思い知らされた。

『バーバーたかお』はおそらく、床屋らしくない客層で繁盛している。

ここにはインナーカラーの創始者みたいな、カリスマ理容師がいる。

「それから一年たって、二回目のプロポーズをされた。だからあいつはあのときと同じく、私に見せたんだろうね」

すでに熱くなっていた目頭から、ついに涙がこぼれ落ちた。

マスターの言葉からは、血のつながらない親子の関係が読み取れる。

それは当初とは比べものにならないほど、しっかりした絆だとわかる。

「さて、どうかな。気になるところはあるかい」

鏡の中のマスターが、昨日よりも男前になった僕を見てほほえんだ。

いまとなっては、ときどき見られたマスターの二面性も理解できる。

「いえ、完璧です。帰ってあらためて、彼女にプロポーズします」

今度はちゃんと指輪を買って、思いつきでない想いを告げよう。

クールに見えて、実はきちんと気持ちを受け取ってくれていた彼女に。

「きみもあいつと同じでそそっかしいけど、いい青年だよ」

「ありがとうございます」

立ち上がってお辞儀すると、マスターも頭を下げながら言った。

「こちらこそ。うちの娘を、よろしくお願いします」

自由に、軽やかに、美しく。彼女は歩く

溝口智子

私が彼女のもとへ派遣されたのは三年前。彼女がまだ十代の頃だ。彼女はとてもネガティブでナイーブな少女だった。悲観的な言葉ばかり呟《つぶや》く彼女を両親は心配し、私を呼んだ。私の任務は彼女を守ることだ。

私は彼女がリラックスできるように出しゃばらず、いつも脇に控えた。彼女が黙っていればいつまでも佇《たたず》み、彼女が話しかければ静かに耳を傾けた。

彼女は徐々に心を開いてくれた。笑顔も会話も増え、二十歳になった今では両親が心配するほど外出を好むようになった。そんな両親に彼女はこう言う。

「大丈夫よ、フランクが一緒だもの」

私は彼女のお供として街へ出かける。彼女はとてもおしゃれだ。出かけるときには何着ものドレスを代わる代わる着てみて、私に意見を求める。

「フランク、見て。このドレスはどうかしら、似合っている？」

私はどのドレスも彼女に似合うと思い、なんとも返事のしようがない。

「ふふふ。フランクはドレスになんて興味ないわよね。でも、聞いてみたかったの。私のドレス姿を見て、あなたはどんな顔をするのかしらと思って」

彼女はそう言って、天真爛漫《てんしんらんまん》な笑顔を見せる。

彼女の街歩きはいたって温順だ。元気に歩いて繁華街に出て気ままに進む。時折、彼女に近づこうとする怪しい輩《やから》には、私が睨みを利かせる。じろりと睨むと、大抵のものは道を譲る。

私の目を盗んで彼女の荷物を奪い取ろうとするものもいる。しかし、そんな輩はただの阿呆だ。睨む価値もない。私はほんの少しだけ、彼女の腕をそっと引く。彼女は不思議そうに私の方に顔を向ける。

「なあに、フランク」

阿呆は私が見張っていることにやっと気づき、逃げていく。彼女はそんなことには気づかない。それでいい。彼女は何も知らない天使のままがいいのだ。

彼女はドレスショップに足しげく通う。おしゃれ好きな彼女にとって、大切な場所だ。ただし、品の良いショップであればの話だが。

時に不敬な輩が店番をしていることもある。彼女が他人の言葉を素直に信じすぎるために、適当なことを言って彼女にはとても似合わないようなドレスを勧める店員もいるのだ。私にはドレスの良し悪しはわからない。だが、彼女を美しく見せるものかどうか、それだけはわかる。

「よくお似合いですよー。すっごくきれい」

店員の、上辺だけで心がこもらない言葉。私は彼女に少しだけ近づく。

「あら、フランク。どうしたの？」

その一言で、店員は怖気《おじけ》づく。私が彼女のことに無関心だとでも思っていたのだろう。私は一見、この店に飽き飽きしているように見えただろうから。

そうやって、私は彼女の供をする。

その日も、私は彼女とともに街に出た。彼女は颯爽《さっそう》と歩く。柔らかな素材のドレスの裾がふわふわと風に乗って舞う。彼女の白い肌、細い脛、だれもが彼女を振り返る。私は胸を張って、彼女を守ることが出来る自分を誇りに思う。

人通りのない路地を歩いているとき、それに気づき、私は立ち止まった。

彼女の足を止めることは責務に反する。だが、今はそんなことを言っている場合ではない。彼女を守るという使命が最優先だ。

「待て、レディ！」

だれかの制止の声も耳に届かないようで、その黒い生き物は真っ直ぐにこちらに向かってくる。私はそれと彼女の間に立ちふさがった。

「レディ！」

黒いものはレトリバーだった。その犬の飼い主らしき青年が、素晴らしい脚力で追いつき、間一髪、レトリバーを取り押さえた。

青年はレディと呼んだ黒いレトリバーを抱き寄せたまま、彼女を見上げた。

「すみません、うちの犬が。急に店から駆け出してしまって」

「お店？」

彼女が問うと、青年は背後にある小さな建物を指差した。

「ここ、僕の店なんです。外観は廃墟みたいだって、よく言われるんですけど」

彼女はクスリと笑う。

「廃墟みたいって、面白いですね」

「建てられてから八十年も経つらしいんです。でも大事に使われてきたみたいで。室内は煉瓦の壁に木が張ってあって、すごく居心地がいいんですよ」

彼女は青年が走り出て来た建物の方に顔を向けた。

たしかに、お世辞にもきれいな建物だとは言い難い。しかし、どっしりした佇まいと、風雨にも負けない様子の銅板葺きの屋根が、この建物が確かに時代を越えて守られたのだと如実に語っている。彼女が尋ねる。

「なんのお店ですか」

店には看板もなにもない。ただ窓が赤白青の三色に塗り分けられているのが特徴的だ。

「美容室です。僕は理容師の免許も持っているのですが、じつは髭剃りが大の苦手で美容師になったんです」

「まあ」

彼女は鈴が鳴るような声で笑う。青年も気恥ずかしそうに小さな笑みを浮かべた。

「そうだわ。私、髪型を変えたいと思っていたんです。良かったら、お願いできませんか」

にこやかな彼女の言葉に、青年は嬉しそうな笑顔を浮かべた。

「ちょうど、今は予約もない時間です。ぜひ寄って行ってください」

「ええ、よろしくお願いします」

青年はレトリバーに「レディ、おいで」と声をかけて私たちの先を歩いていく。彼女はゆったりと青年の方に向きを変え、私たちは青年に続いた。

美容室の店内は落ち着いた内装だった。十九世紀後半、イギリスのヴィクトリアン建築のような風情だ。テレビの建築番組で見ただけの情報なので本当のところはわからないが、上品であることは間違いない。

ドアを入ってすぐ、彼女は天井に顔を向け、軽く鼻を動かした。

「良い香り。なにかしら」

「ラベンダーの香りです。アロマポットを使っているんです。お嫌いではないですか」

「とても好きな香り。心が落ち着くわ」

彼女がうっとりと言うのを、青年は心から嬉しそうな笑顔で聞いていた。

青年が店内に一つだけあるバーバーチェア、カット用のイスに手を掛け、くるりと回した。私はバーバーチェアまで彼女をエスコートする。

「フランク、ちょっと待っていてね」

青年が私を店の隅のソファまで案内する。なかなか気が利いた若者だ。私ににこりと笑いかけ彼女のもとへ戻った。

「今日はどうなさいますか」

青年の問いに、彼女は少し首を傾げて考えてから答えた。

「カットと、パーマをお願いしたいわ」

「かしこまりました。カットサンプル帳がございますので、お待ちください」

大きめの雑誌のようなものをソファ近くの書棚から取り出し、青年は初めのページを捲って、彼女の前に掲げた。

「こちらがカットサンプル帳です。ショートカットからロングまで順に載っていますので、ご紹介しますね」

　青年は開いたページの右側の写真を指し示す。

「こちらはベリーショートですね。段差を付けたカットで、ボーイッシュなイメージになります」

　彼女は「うーん」と呟く。

「ボーイッシュが似合う年齢でもないし、ボブかセミロングがいいかもしれないわ」

「では、こちらの」

　言いながら青年はページを捲る。

「最近の流行のボブは、二十世紀初頭、ヨーロッパのようなアールデコ調のスタイルです。前髪は少し短めに眉の上。サイドは耳のあたりまでで、バックは生え際ぎりぎりまでと、斜めに毛先を流すことで首を長く、顔を小さく見せると評判がいいんですよ」

　私は少しムッとして青年の横顔を睨む。首の長さや顔の小ささを補強するような髪型など、彼女には不要だ。彼女の美しさが見えないのか。

そんなイラつきを察したのかブラックレトリバーのレディが側にやって来て、宥めようとするかのように私にぴたりと体を寄せた。そうだな、レディ。私は少し大人げなかったようだ。

美しい彼女は、それでも今以上に美を求めるご婦人の常か、青年の提案を気に入ったようだった。

「じゃあ、その髪型でお願いするわ」

「ゆるくウエーブをかけると、より一層、ドレスが映えます。そうですね、このくらいの巻き加減でいかがでしょう」

青年が彼女の髪に手をかけて、くるりと巻いてみせた。彼女はその具合をふわふわと触ってみている。

「今まで経験のないゆるやかなウエーブだわ。新しい冒険、いいわね」

「では、始めていきましょう」

バーバーチェアをくるりと回し、大きな鏡がついた洗面台に、彼女を寝かせるようにしてシャンプーの準備をした。シャワーヘッドからお湯が出るシュワシュワという音も、シャンプーが泡立つときの香りも、すべてが心地良い。彼女もその心地良さに身を任せているようで、とてもリラックスしている。

軽く水気を切りイスを立て、タオルで髪を拭きながら青年が尋ねた。

「カラーはどうしますか？　きれいな深い栗色ですから、そのままでもボブに合いますが、今年のドレスの流行色はビビッドなカラーですよね。思い切ってブラックにされても似合うと思いますよ」

青年は服飾にも造詣《ぞうけい》が深いらしい。美容の世界は私などには計り知れない。

彼女は目をくるりと回して考え込んだ。

「今まで髪色を変えたことはないんです。学生時代に禁止されていたから。大人になったのに、なんとなく、いけないことのような気がして」

彼女がふっと私の方に顔を向け、にっこりと笑う。辛い時代を忘れ、彼女がこんなに朗らかに笑える一助になれたことが、私は本当に嬉しい。

「そうね。私は自由なんだもの。なんだって経験したいわ。カラーもお願いします。もう、闇よりも濃い黒に染めちゃってください」

彼女の言い方がおかしかったのか、青年はくすりと笑った。

「かしこまりました。では、先にパーマをかけて、次にカラーリングしていきます。最後にカットしますね」

これは長丁場になりそうだ。私は小さく息を吐いてソファに体を凭《もた》せ掛けた。レディが遊んでほしいと言いたげに私に視線を向けるが、よそ見などするわけにはいかない。私は真っ直ぐに彼女を見つめ続けた。

青年は手際よく、細かく分けた髪の束を丸い筒に巻いていく。その巻き付けた髪に薬液を塗り込む。それが終わると、透明な袋を彼女の頭にかぶせた。

「このまま十五分ほどおきますね」

「はい」

彼女がパーマをかけるところを何度も見ているが、青年の仕事は、たいへんに素早く正確なように思えた。

「音楽はお好きですか？」

青年に尋ねられて、彼女は不思議そうな顔をする。彼女の傍らに立ち、鏡越しに青年は笑顔を浮かべてみせた。

「レコードを収集していまして、お待ちいただく間にかけることもできます。どの曲も十五分前後で終わるので、タイマー替わりにもなるんですよ」

彼女は明るく微笑む。

「音楽は大好きです。ぜひ聞きたいわ」

青年は軽快に歩いていき店の隅にある戸棚を開いた。中には紙製の薄いパッケージがずらりと並んでいる。

「お好みはどういったものでしょうか」

「よく聞くのはピアノ曲よ。私も子どものころ教わっていたから」

彼女がしみじみと言う。彼女は時折、大人びたというより老成したと表現したくなるような話し方をする。青年もそれを感じたのか、優しく言った。

「また始められても、いいんじゃないですか。一度習うと手が覚えていると言いますから」

彼女は恥ずかしそうに顔を伏せる。

「へたくそなのよ。先生にいつも練習が足りないって叱られていたの」

「怖い先生でしたか」

「とっても。でも、ピアノの演奏は優しかったの。ときどき、弾いて聞かせてくださったのだけど。中でも先生はドビュッシーがお好きだったわ」

青年は戸棚の中を探りながら会話を続ける。

「ドビュッシーなら、ぴったり十五分の小品集がありますよ。『子どもの領分』です」

彼女の表情がぱっと明るくなる。

「すてき。私、『ゴリウォーグのケークウォーク』が大好きです」

「第六曲ですね。愉快な曲ですよね」

青年は帽子箱ほどの面積の平たい紙ケースから黒い円盤を取り出す。真ん中に穴が開いたその円盤がレコードだ。戸棚の隣に置いてある機械、レコードプレイヤーの真ん中に立った棒に、レコードの穴を合わせて置き、スイッチを入れる。円盤が回り、先端に針が付いた細いレバーをレコードに向けて下ろすと音楽が流れ始めた。軽快なリズムの音楽に彼女と青年は耳を傾ける。二人とも、とても幸せそうに音楽について語り合った。

彼女の髪を黒く染めている間も、短くカットするときも、レコードは鳴り続けた。ショパン、リスト、サン＝サーンス。彼女が好む作曲家たちのピアノ曲に合わせて、彼はよどみなく動いた。彼女はその動きに合わせるようにハミングしていた。

「さあ、いかがでしょう」

彼女の肩からケープを取り、ばさりと払う。彼女は耳の横の髪に手を当ててその感触を確認し、ふわふわと遊ばせ楽し気だ。

「どうかしら。私、似合ってる？」

青年は手持ちの鏡を取ると、彼女の後ろに回った。手で持った鏡と、壁の大きな鏡を合わせて、彼女の襟足まで髪型がよく見えるようにする。

「とてもお似合いです」

青年の言葉に彼女は満足げに頷き、立ち上がる。青年が気を利かせて彼女の手を取り、私の許に案内した。

「お待たせ、フランク。どう？　私、きれいになった？」

もちろん。あなたはこの世界で一番美しい女性です。その気持ちを込めて尻尾を振る。それは彼女には見えないけれど、気持ちはいつも通じている。

私の胴に着けられたハーネスと繋がったハンドルを彼女が握る。エスコートして店を出ようとすると、レディが私の後について来た。青年がレディの首を抱いて、優しく留める。

「だめだよ、レディ。彼は仕事中なんだ」

その親切な言葉に、私はまた尻尾を振ってみせた。

「さあ、フランク。行きましょう」

彼女が「ゴー」と声をかける。私は歩き出す。世界一美しい彼女とともに、どこまでも。

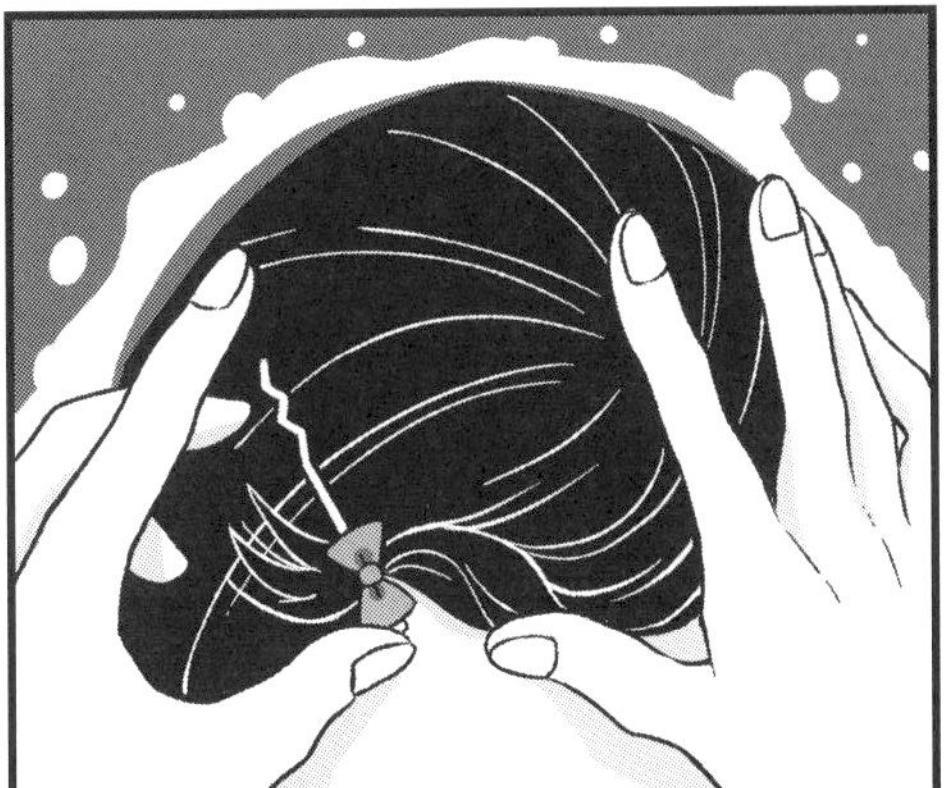

床屋のとーちゃん

ひらび久美

水曜日の朝九時。笹原達彦《ささはらたつひこ》がサインポールのスイッチを入れると、赤白青の縞模様がくるくる回り始めた。少しして〝バーバー・とーちゃん〟の自動ドアが開き、ピンクのワンピースを着た女の子が入ってくる。愛娘の寺村芙美《てらむらふみ》だ。

「おっ、芙美ちゃん、おはようさん」

「おはようございます」

芙美はぴょこんと頭を下げた。六歳の彼女は、目の前で胸を熱くしている店長が実の父とは知らない。酒を飲むと気が大きくなって賭け事で借金を重ねた彼に、妻の幸絵《ゆきえ》が愛想を尽かし、芙美を連れて出ていったのは四年前だ。幸絵は三年前に再婚し、芙美には堅実な父親ができた。改心し、独立して床屋を始めた達彦のところに、幸絵は二ヵ月に一度、芙美をカットに来させてくれるが、達彦が実父であることは、借金をすべて返済し終わるまで明かさない約束だ。

芙美は首から提げていたクマの財布から折り畳んだ千円札を取り出し、くりくりした黒い目で達彦を見上げる。

「ふーちゃん、土曜日、入学式なの。だから、ママが笹原さんとこで髪を切ってもらいなさいって」

「そうやな、もう小学一年生になるんやもんなぁ。早いなぁ」

二ヵ月に一度会う娘は、会うたびに確実に成長している。嬉しい反面、とてつもなく寂しい。自業自得とはいえ、娘の成長をそばで見守れないのだ。大切なものを失わなければ酒を断てなかったことが、悔やまれてならない。

達彦は理容椅子の上に補助椅子を載せ、芙美を抱き上げて座らせた。腕にかかる重みに二ヵ月ぶりに会えた喜びを噛みしめ、ケープを掛けて霧吹きで髪を湿らせた。少し伸びた髪にハサミを入れていると、芙美が鏡越しに達彦を見る。

「ふーちゃんは〝ふみ〟だから〝ふーちゃん〟って呼ばれてるけど、笹原さんはどうして〝とーちゃん〟なの？」

芙美の視線はガラス窓に貼られたカッティングシートの文字に移動した。そこには〝バーバー・とーちゃん〟の白い文字が裏返しで並んでいる。

「芙美ちゃんはもうひらがな読めるんか」

「うん。カタカナも読めるんだよ。すごいでしょ」

芙美の表情が得意げになり、達彦は抱きしめたい衝動と闘いつつ手を動かす。

「バーバーって床屋のことやねん。〝とこや〟やから〝とーちゃん〟にしてん」

「ふーん」と言いつつ、芙美は納得していないような顔だ。だが、芙美にパパと呼ばれないなら、せめて「父ちゃん」と呼んでほしくて、店の名前を〝とーちゃん〟にしたなんて、本当のことは言えない。

唇を結んでハサミを動かし、少し伸びた髪をボブカットに仕上げた。

「ほい、おまたせ。かわいくなったやろ？」

達彦がケープを取ると、芙美は顔を傾けて鏡を見た。そんなおませな仕草に胸をときめかせながら、達彦はラックに置いていた紙袋を手に取る。

「これ、とーちゃんからの入学祝いや。今度着てな」

芙美は紙袋を受け取り、中を覗いて顔を輝かせた。

「わあい、ピンクのお洋服だ。ありがとう！」

「お母ちゃんによろしゅう言うといてな」

「うん。とーちゃん、またねー、バイバーイ！」

愛娘の笑顔に達彦はだらしなく目尻を下げ、手を振って芙美を見送った。

その晩、火のないコタツに入ってコンビニ弁当を食べていると、大阪府の同じ市内に住んでいる幸絵からスマホに着信があった。入学祝いの礼の電話かなと思いつつ、応答する。

「おう、どした？」

『どしたじゃないわよ！　今さら父親面しようとしてるんじゃないわよね⁉』

元妻にいきなり怒鳴られ、達彦はたじたじとなる。

『〝入学祝い〟って言って、カーディガンとブラウスを芙美に渡したでしょ⁉　芙美は今の主人を本当の父親だと思ってるの。約束通り二ヵ月に一度お店に行かせてあげてるんだから、あなたも余計なことしないで約束を守ってよねっ』

直後、電話は切れた。達彦は後頭部をポリポリ掻いて、スマホをコタツ机に置く。一方的に怒鳴られたが、結婚したときの幸絵はとてもかわいかった。

(幸絵と芙美がおって俺は幸せやったけど……俺が不甲斐ないせいで幸絵には

苦労ばっかりかけたもんなぁ。俺の幸せは俺の独りよがりやったんやな……)

ギャンブルの借金は返したが、まだ床屋の開業資金の返済が残っている。そんな自分が芙美に実の父親だと名乗れるのは、いったいいつのことだろう。


翌週の火曜日、達彦が常連客の会計を終えたとき、客と入れ違いで芙美が店に入ってきた。丸襟の白いブラウスとピンク色のカーディガン、それにデニムのスカートという恰好で、濃いピンク色のランドセルを背負っている。それを見て、達彦は泣きたくなるくらい胸がいっぱいになった。

「とーちゃんがあげた服、着てくれたんか」

「うん。とってもかわいくて嬉しかったの。とーちゃん、ありがとう」

「こっちこそありがとうな。よう似合《にお》てる。勉強、がんばりや」

「うん！　じゃあ、またね！」

芙美は背を向け駆け出した。小さな背中で真新しいランドセルが大きく弾む。

(わざわざ見せに来てくれたんや……なんて優しい子に育ったんやろ)

知らず知らず目頭が熱くなり、達彦は手の甲で鼻を擦った。

それから三年が経《た》ち、芙美がもうすぐ四年生になるという三月。間もなく閉店という六時前に、デニムのキャップ帽を目深に被《かぶ》った芙美が来店した。

「お、新学年になるからカットしに来たんやな？」

達彦は腰をかがめて芙美と目線を合わせようとしたが、芙美は目を伏せたままぼそぼそと声を出す。

「……友達がみんな美容室に行ってて……私も美容室に行きたいってママにお願いしたの。そうしたら、『美容室は高いから、贅沢言わずに笹原さんのところでキッズカットしてもらいなさい』って言われたの」

駅前の美容室でカットしてもらうと、床屋の小学生カットの値段の三倍になる。達彦が顔をしかめたとき、芙美の小声が聞こえてきた。

「三回と一ちゃんに切ってもらったことにして、そのお金を貯めたら、美容室に行けると思ったの。それで、自分で前髪を切ったら……失敗して……」

芙美は帽子を取り、赤く充血した目で達彦を見た。前髪は長さがバラバラで、真ん中は切りすぎているし、左側は横の髪まで短くなっている。

『美容室は高いから床屋に行きなさい』という言葉は、実父だと明かさずに芙美を達彦に会わせるために、幸絵が口実として使っているだけだ。

達彦は下唇を噛んだ。芙美の瞳に涙が盛り上がるのが見えて、胸が締めつけられる。達彦は目頭に力を入れて、すっと背筋を伸ばした。そうして大きく息を吸い込み、芙美の手から帽子を取って娘の頭に被せる。

「ほな、とーちゃんが美容室に連れていったろ。きっとなんとかしてくれる。前髪だけやったら、安う切ってくれるはずや」

「ほんとにっ⁉」

芙美の顔がパアッと輝いた。達彦は目を細めて頷き、年季の入ったシザーバッグを腰から外してカウンターに置いた。店のシャッターを下ろして、芙美を促し駅前に向かう。駅ビルに入る美容室は七時閉店で、客がまだ二人いた。

「いらっしゃいませ」

迎えてくれた二十代後半の女性スタイリストは、センスのいい白シャツにチノスカートという垢抜《あかぬ》けた恰好だ。芙美は彼女を見てまぶしそうに瞬きした。

「すんません、この子の前髪、なんとかしたってくれへんかな？」

達彦が言うと、芙美はおずおずと帽子を取った。

「あらあら、大丈夫ですよ。それじゃあ、こちらへどうぞ」

美容師は優しく笑って芙美を椅子に案内し、ケープを掛けた。美容師が斜めがけにしているシザーバッグは、ピンクの革製のおしゃれなものだ。そこから銀色に光るハサミを取り出し、芙美の前髪を自然に見えるようカットする。

「今のままでもかわいいけど、もし気になるなら、伸びるまでこうやってねじりながらピンで留めるといいよ。とっても簡単だから」

美容師が手早く前髪をねじってアレンジし、芙美は嬉しそうな声を上げる。

「うわあ、かわいい！　私でもできそうかも」

「おうちに髪留めある？　よかったらかわいいのを売ってるから見てみて」

美容師に促されて、芙美はレジ前のショーケースに並んでいるおしゃれなピンやかわいいバレッタを眺めた。そうして迷うように財布をギュッと握る。前髪カットだけなら五百円だ。残りの五百円をどうするか迷っているのだろう。

とーちゃんが買《こ》うたる、と言おうとしたとき、芙美が「これください！」と美容師を見た。指先には、小さなリボンのついた髪留めがある。

「ありがとうございます。これ、かわいいよね。つけてあげるね」

美容師が芙美の前髪を留めた。芙美は渡された手鏡に顔を傾けて映す。

「よく似合ってるよ」

美容師に褒められて、芙美の顔がパアッと明るく輝く。

(俺の前ではあんな顔、せーへんな……)

達彦は足元から地面が崩れていくように感じた。

「とーちゃん、お待たせ。連れてきてくれてありがとう！」

会計を済ませた芙美は、嬉々とした表情で達彦に近づいた。外に出て、芙美は名残惜しそうに美容室の看板を見上げた。達彦は意を決して口を開く。

「お母ちゃんにな、『もう床屋やなくて、美容室で切ったらええよ』ってとーちゃんが言ってたって伝えな」

「でも、ママは美容室は贅沢だって……」

芙美は達彦を見た。その不安げな表情に、達彦は胸が締めつけられる。幸絵との約束で、達彦に好きな人ができたとか、何らかの事情で芙美に会わないことに決めたとき、『もう床屋に来なくていい』と伝えることになっていた。

(芙美に会えへんようになるのはつらいけど……)

芙美は幸絵が再婚した男性を本当の父親だと思っている。いくら心を入れ替えたとはいえ、店の開業資金のローンを抱えて経営はかつかつ。そんな自分が父親だということは、明かさない方が芙美のためだ。達彦は覚悟を決めた。

「大丈夫や。とーちゃんがええ言うたら、お母ちゃんは何も言わへん」

「本当?」

そう言いつつ、芙美の瞳はまだ不安そうだ。

「ああ、ほんまや」

達彦は芙美を安心させたくて笑おうとした。だが、顔が強ばって言うことを聞かない。達彦は涙が滲《にじ》みそうな目をつぶって、くしゃっと表情を崩した。

それから二十年。達彦は失ったものを想わずに済むよう仕事に励んだ。おかげで開業資金の融資は返済できたものの、連帯保証人になった知人が失踪し、またもや借金を背負ってしまった。

(俺を好いてくれるんは借金だけか)

そんな自嘲を覚えた六月のある日。最後の客が帰ったバーバー・とーちゃんに、ライトグレーのスーツを着た若い女性が一人入ってきた。緊張したその面持ちを見て、達彦は驚きのあまり目を見開く。

「芙美ちゃん……!?」

「……覚えててくれたんですか……?」

芙美は遠慮がちに声を発した。マロンブラウンの長い髪を緩《ゆる》くサイドでまとめていて、彼の記憶にあるよりずっと大人っぽく成長していた。だが、ぱっちりした目元に子どもの頃の面影がある。もう会えないと思っていた愛娘の突然の来店に、達彦はつい早口になる。

「当たり前や。忘れるわけあらへん。久しぶりやな。どないした」

芙美は少し表情を緩めた。

「今日は……顔剃りをお願いしたくて来ました」

「お、おう、任せとき。さあこっちへどうぞ」

達彦は芙美を奥の椅子に案内した。顔剃りのためにメイクを落として来たようだが、内面から輝くような美しさがある。女の子から女性になって急に目の前に現れた我が子に緊張しながら、達彦は芙美にケープを掛けた。

「たまに女性が顔剃りに来るけど、芙美ちゃんが来てくれるなんてびっくりや」

「五日後に結婚式を挙げるので、二日前にブライダルエステを受けてきたんです。そうしたら、母にシェービングは『笹原さんにしてもらったら』って言われて。『子どもの頃お世話になったから、結婚の報告もしてきなさい』って」

「け、結婚⁉　そ、そうか、もうそんな歳になるんか」

達彦は驚きの連続に首を左右に振りながら、椅子の背を倒した。続いてシェービングボウルにソープを入れて、泡立て始める。

「芙美ちゃんが好きになった男やから、きっとめっちゃええ男なんやろなぁ」

達彦は刷毛《はけ》で芙美の顔にフォームをのせた。芙美は目を閉じて言う。

「同じ大学の経済学部の先輩で、二歳年上なんです。彼の転勤が決まって……それで、結婚して東京についていくことになりました」

『東京』と聞いて、達彦は胸がずしんと重くなった。今までは会えなくても同じ市内にいた。だが、今度は心だけでなく、物理的な距離まで遠くなる。

達彦は唇を引き結び、カミソリを握った。輪郭から少しずつ産毛を剃り、眉毛を丁寧に整えて、最後に蒸しタオルで顔を包み込む。

「彼は東京に友達がいますが、私にはいません。彼は『一生幸せにする』って言ってくれたけど……もし彼が心変わりしたら、私は東京で独りぼっちになります。人の気持ちが本当に一生変わらないのか……不安で……怖いんです」

タオルの下で芙美がくぐもった声で言った。達彦がタオルを外すと、芙美は言葉通り不安そうな表情をしている。達彦は保湿剤を染み込ませたフェイスマスクを芙美の顔にそっとのせた。そして、若い頃の幸絵を思い、それから目の前の芙美を見る。変わってしまった気持ちもあるが、変わらない想いもある。それを伝えたくて、ゆっくりと言葉を紡ぐ。

「……人はたぶん、自分だけが幸せやと思てても、独りよがりなだけで、ほんまの意味では幸せやないんやと思う。どうしたらこの子は笑《わろ》てくれるかな、幸せやと思てくれるかなって考える。そんで、その子が心から笑てくれて、〝よかった、嬉しいな〟って思えたら、自分もほんまに幸せになれるんやと思う。せやから、芙美ちゃんも彼を幸せにしてあげてな。そしたらきっとうまくいく」

達彦は芙美のフェイスマスクを外して椅子を起こした。ケープを取ると、芙美は瞬きをして達彦を見る。何か言いたげに唇を動かしかけて、口をつぐんだ。

「幸せになるんやで」

達彦が心を込めて言うと、芙美は今度は言葉を発した。

「はい。ありがとうございます」

肌がワントーン明るくなった芙美は、表情も明るく見える。そんな娘がまぶしくて、達彦は目の奥がじわっと熱くなり、瞬きをしてレジに向かった。会計を済ませると、芙美が達彦をじぃっと見た。その瞳はかすかに濡れている。

「小さい頃のことを思い出しました。前髪を切りすぎて泣いていた私を、笹原さんは美容室に連れていってくれましたね。あのとき、とても嬉しかったです」

懐かしい思い出に胸が詰まって、達彦は頷くのが精いっぱいだった。

「笹原さんの言う〝ほんまの意味で〟幸せになれるように努力します。今日は本当にありがとうございました。笹原さんに会えてよかったです」

「こちらこそ……会えて嬉しかった。ありがとう、元気でな」

「はい。笹原さんも」

芙美はお辞儀をして自動ドアから外に出た。閉じたガラス戸の向こうでその後ろ姿が歩き出し、達彦の視界が滲む。目を擦ろうとしたとき、芙美がふと足を止めた。振り返って、声を出さずにゆっくりと口を動かす。

（ありがとう、お父ちゃん）

その唇は、確かにそう言った。直後、背を向けた娘の姿が、涙で見えなくなった。

31センチでつながる

矢凪

「ヘアドネーションしたいんです。今日はよろしくお願いします！」

来店するなり元気よくそう言ったのがまだあどけなさを残した女の子だったので、カットを担当する予定の幌野《ほろの》ちとせは驚いて目を瞬かせた。と同時に、腰のあたりまでまっすぐに伸びている艶《つや》やかな黒髪が、寄付するために必要な31センチは余裕で超えているなと確認しながら思わず感心してしまった。

女の子に付き添ってきた母親らしき女性に「十一時に予約しました陽高《ひだか》です」と告げられ、ちとせはハッと我に返る。

「あ、ご予約の陽高……華《はな》さんですね。お待ちしておりました。お母様はこちらのソファでおかけになってお待ちください。お嬢さんはこちらへどうぞ」

気を取り直して挨拶すると、さっそく鏡の前の席へ案内した。

チェアに腰かけようとした華がわずかに緊張して固くなっているのを感じたちとせは、カットの準備を進めながら優しく話しかける。

「こんにちは！　今日、私が髪を切るのでよろしくね。華ちゃんは今、何年生かな？」

「三年です」

「そっか。まだ三年生なのにヘアドネーションなんて難しい言葉、よく知っていたね。お母さんに教わったのかな？」

「ううん、前にテレビでそういう特集をやってるのを見たんです。自分の髪が誰かの役に立てるかもって思ったらワクワクして、伸ばし始めて……」

そう語る華の瞳はキラキラと輝いていて、ちとせには眩しく感じられた。

「あ、あの……それで、私もお姉さんに質問したいことがあるんですけど……なんでこの美容室はヘアドネーション推しなんですか？　そういうお店って、めずらしいですよね？」

確かにちとせの勤務先であるこの『美容室LEAF《リーフ》』は店先に大きなポスターを貼ってヘアドネーションの対応店であることをアピールしている。髪を寄付する活動だけではなく、医療用ウィッグのスタイリングにも対応しており、年に数回、メーカーの担当者を呼んでの展示相談会などのイベントも開催したりと、『推し』ていると評されても過言ではない。

華の疑問はもっともだったが、その問いに答えるために、ちとせは少々苦い過去を思い出して語らねばならなかった。

「少し長い話になっちゃうかもなんだけど……聞いてくれる？」

「はい、お願いします！」

興味津々といった様子で頷いた華に、期待されているような楽しい話ではないかも……とちとせは心の中で密かに苦笑いを浮かべつつ、表向きはカットの準備を進めながら微笑みかけた。

「きっかけは、私が高校に入ったばかりの時のことなんだけど……」

入学早々、ちとせは生活指導を担当している担任の男性教師に呼び出された。どうやら、髪を茶色に染めているのではと疑っているらしかったが、生まれつきの地毛だったので何度もそう説明した。しかしやたらと頭の固い人で全く話にならず、週明けまでに黒髪になっていなければ停学処分も検討するという。

無茶苦茶なその言い分に納得がいかず、黒く『染める』のは問題ないのかと反論したのが癇に障ったのか、生徒にとって貴重な昼の休憩時間を丸々説教に費やされてしまった。

そんな理不尽な教師の対応にイライラしながら教室へ戻った時のことだ。クラスの女子が三、四人、呼び出されて戻ってきたちとせに興味津々の様子で駆け寄ってきたかと思うと、好き放題に話し始めた。

詳しい状況はよく覚えていない。ただ、ちとせは長時間、生活指導室で立ちっぱなしで怒られ続けて疲れていたこともあり、サッサと自分の席に戻りたかった。まだそこまで親しくなっているわけでもないクラスメイトにあれこれ騒がれるのも不愉快で、しかも気が立っていたこともあり、ちとせは何気なく発せられた一人の言葉に過剰な反応を示してしまった。

「確かに茶色く見えるけど、私から見たら綺麗で羨ましいよ！」

そうつぶやいたのは霧川夏奈《むかわかな》という明るく社交的で誰からも好かれていそうな――そして、真っ黒いセミロングヘアの子だった。茶色くて少し癖っ毛気味のショートヘア、性格的にもどちらかというと控えめなちとせとは対照的な子だった。羨ましく感じるのはむしろ自分の方だ、とちとせは思った。

夏奈としては叱られて戻ってきたちとせを慰めるつもりの発言だったのかもしれない。しかし、そもそも『髪』のせいで嫌な目に遭っているというのに、その髪を羨ましいなどと言われても嫌みにしか聞こえなかった。

「そう言うあんたの髪はカツラみたく見えるけど、よく怒られないね？　染めてもいない私の髪よりよっぽど不自然だと思うけど」

冷静になってから考えれば、それは本当にただの八つ当たりだった。カツラと言ったのも深い考えはなく、なんとなくそう見えただけのことで——。

けれども、ちとせのその言動は夏奈とその周りにいた女子たちの地雷を踏み抜き、予想外の大爆発を引き起こしてしまった。

「ちょっと！　言っていいことと悪いことがあるって分からないの？」

というのも、夏奈の髪は本当にカツラ……といっても、オシャレ用のものではなく医療用のウィッグだったのだ。彼女は中三の時に交通事故に遭い、頭部に負った傷を治療する際に頭髪をすべて失ったらしい。夏奈やその周りにいた女子生徒たちと違う中学校に通っていたちとせは、そんな事情など知る由もなかったが、知らなかったのなら仕方ない、と笑って済ませてはくれなかった。女性にとって髪は命。しかも年頃の女性にとって非常に繊細な内容だっただけに取り返しのつかない事態になってしまったのだった。

その日から教室内でのちとせの立場は、教師に叱られて気遣われる側から、デリカシーのない奴として蔑まれる対象へと変わった。茶色い髪をネタにあることないこと噂され、精神的に耐えられなくなったちとせが不登校になるまで、そう長い時間はかからなかった。

幸い、両親は一人娘を心底心配し全力で味方してくれて、すぐに他の高校への転校を提案してくれたり、引きこもったちとせを気分転換させようと旅行へ連れ出そうとしてくれたりと尽力してくれた。

ちとせにとって運命の場所となる美容室へ誘ってくれたのも母親だった。

髪がすっかりコンプレックスになってしまったちとせのことを、行きつけの美容室の店長に相談したらしい。すると、髪のプロとして見過ごせなかったのか、一度でいいから店に娘さんを連れて来てくれと逆に頼まれたのだという。

そうして母親に連れられて美容室を訪れたちとせを朗らかな笑顔で出迎えたのは、意外にも店長ではなく若い男性の美容師だった。

「初めまして、ちとせさん。今日は来てくれてありがとう！」

葉司《ようじ》と名乗った彼はその美容室の店長の長男で、まだ二十代半ばながら父親の腕を凌ぐスタイリストとして様々な場で活躍しているという。しかも、ファッション誌モデルのヘアスタイルを担当することも多く、美容業界の注目株。髪型だけでなく服装もオシャレな葉司は、繊細なテクニックを持ち、気遣いもできる好青年で、女性客からの人気が高い。『スタイリングの魔法使い』という異名も持っていた。

そんな彼は父親からちとせの話を聞き、なんとか力になりたいと申し出たのだそうだ。葉司はちとせを鏡の前に座らせると、肩まで伸びている茶色い髪を真剣なまなざしでじっと見つめてから、ふと表情を和らげた。

「自分の髪を嫌っているって話を聞いたんだけど、ちとせさんはどんな髪なら好きになれそうかな？」

そう問われても、ちとせにはピンとこなかった。髪の色が原因で嫌な思いをしたけれど、黒髪になれば万事丸く収まると思えるほど単純な話ではなく……かといってこのままでいるのも嫌だったし、染めることにも抵抗があったので即答できなかった。

するると、葉司はちとせの複雑な思いを察したらしく、質問を変えた。

「そうだなぁ……じゃあ、こういうのはどう？　僕はこれからちとせさんの髪に魔法をかけようと思うんだけど、いいかな？」

「まさかと思いますけど、黒く染めるのを『魔法』と言っているとかそういう子どもだましみたいなことじゃないですよね？」

ちとせが胡散臭さを感じてとっさにそう返すと、葉司は小さく笑った。

「もちろんそんなことしないよ。ちとせさんは別に黒い髪になりたいわけじゃないでしょ？　それに、せっかく艶もよくて綺麗な『栗色』の髪なんだ。染めてしまってはもったいないからね」

「じゃあ……どうするんです？」

「僕がこのハサミを使って今のちとせさんを輝かせる――最高に似合う素敵な髪に変えてあげるよ、と言ったら信じてもらえるかな？」

そんなことが本当にできるのだろうか、と半信半疑だったが、もしかしたら……という微かな期待もあり、ちとせは彼を信じてみることにした。

それから数十分後――。

「これが私……？」

鏡の中に映った姿を見て、本当に魔法をかけられたのかと思うくらい驚いた。

切る前は『中学生です』と言っても誰も疑わないような子どもっぽさとダサさが残っていた。それが、髪の色はそのままで長さもそんなに変わっていないにも拘《かか》わらず、癖っ毛を活かしたカットと仕上げの時に使ったヘアアイロンで、大人っぽい雰囲気が漂うゆるふわのセミロングヘアになっていた。

「気に入った？」

「はい！　でも……」

自分の髪の問題は解決したが、もう一つの問題が残っている。

それは、知らなかったとはいえ自分を気遣ってくれた夏奈を傷つけ、周囲を不快にしてしまった事に対する罪悪感だった。

「じゃあ、魔法ではないけど、オマケの情報を教えてあげるよ」

そう言って葉司が教えてくれたのが、ヘアドネーション活動についてだった。

元々はアメリカの団体が行っていた活動で、病気や脱毛症、事故などで頭髪を失った子どものために、寄付された髪の毛でウィッグを作って無償で提供する活動のことだ。日本でもこの活動を始めた団体があって、葉司は今後、一美容師として積極的に支援していきたいと考えているのだと語ってくれた。

「ちとせさんが髪を伸ばして寄付したとしても、その髪ですぐにウィッグができるわけでも、ましてや傷つけてしまったというその彼女の手に渡るわけでもないけれど……気休めくらいにはなるかい？」

苦しくて藁にもすがりたい気分だったちとせの心に、葉司の提案は響いた。

「そうですね。彼女に直接償えるわけじゃない。ただの私の自己満足になると思いますけど、何もしないでいるよりは全然いいです」

その活動に貢献し続ければ、夏奈ではないが誰かを笑顔にすることができる。そう想像したら、ちとせの心は少し軽くなるような気がした。

こうして精神的に救ってくれた葉司に憧れを抱いたちとせは、猛勉強して高校卒業資格を得ると美容専門学校へ進学した。卒業後は葉司に教えを乞うため、現在の勤務先である『美容室ＬＥＡＦ』に就職し、彼と共にヘアドネーション活動を積極的に行ったり、医療用ウィッグのスタイリングなども手がけたりするようになっていったのだった——。

「寄付する髪はこの束で最後っと……」

ヘアドネーション用の髪は一般的に毛先から31センチ以上の位置でカットすることになっている。また、ゴムで複数の束に分けてから切るのだが、この束が太いとカットが難しくなるだけでなく、切り口がギザギザになり揃わなくなってしまうため、束は細かく分ける必要があった。華は毛量が多かったので思いのほか時間がかかってしまった。

寄付用の髪を切り終わった後、仕上げのカットをすると、腰まで伸びていた華の髪はすっかり短くなり、軽やかなショートボブヘアになった。

「華ちゃん、お疲れ様でした！　寄付する髪はこの封筒にまとめておいたから、このメモの住所のところへ自分で郵送してね」

寄付する髪をとりまとめて送る美容室もあるようだが、うちでは切った本人に対応してもらうシステムなのでそう案内する。

髪の送付後、希望者には受領証や寄付認定証などを返送してくれるサービスを行っている団体もあることを教えると、華は『それ、記念に欲しい！』と、楽しそうにその場でピョンピョンと跳ねた。

「お姉さん、今日は話も聞かせてくれてありがとうございました！　ふふっ、なんか頭が軽くて首がスースーする～。ねえ、ママ！　新しい髪型どう？」

華がそう言って、ソファで座って待っていた母親のところへ駆けていった時のことだ。娘の髪型を「とってもキュートで素敵ね」と褒めてから、その母親はちとせの方に向き直ると、躊躇いがちに「あの……」と話しかけてきた。

「もしかして……もしかしなくても、豊平《とよひら》さんですよね？　私……娘に先ほど聞かせてくださった話に出てきた霧川です。あ、今は結婚して苗字が変わってしまったんですけど……」

十年以上の歳月を経て、互いに大人の女性となり雰囲気も変わっていたこともあり、ちとせは言われるまで全く分からなかったが、華の母親は高校の時にちとせが傷つけてしまった相手——夏奈だったのだ。

偶然の再会にちとせが言葉を失っていると、夏奈が突然、深々と頭を下げた。

「ごめんなさい！　私が何気なく言った言葉のせいであんなことになって……あなたを傷つけてしまったことも不登校に追いやってしまったことも、ずっとずっと後悔していて、謝りたかったんです」

「えっ、お姉さんのさっきの話に出てきた人、ママだったの？」

「そうなの。だからビックリ。でもまさかこんな形で会えるなんて嬉しくて……いえ、あなたの方は私になんて会いたくなかったかもしれないですけど」

申し訳なさそうに肩をすくめた夏奈に、ちとせは慌てて首を横に振った。

「と、とんでもないです！　謝るのは私の方なのに！　あの時は知らなかったとはいえ、失礼な物言いをしてしまった自分が恥ずかしいです。こちらこそ、すみませんでした」

ちとせとしては土下座したいくらいの気分だったが、場所が場所なのでなんとか堪え、深く頭を下げると、横で見ていた華がクスッと笑った。

「でも、ママたち、こうして会えて仲直りできて良かったんじゃない？」

華のその言葉に夏奈とちとせは顔を見合わせ、ふと口元を緩める。

「そうね、華の言う通りね。喉の奥に引っかかっていた小骨が取れたみたいにスッキリしたわ」

「私もです。それに……あの一件があったからこそ、こうして美容師っていう素敵な職業に就くこともできたので、ありがとうございます」

「お礼といえば、こちらもね、娘がヘアドネーションに興味を持ってくれた時に、こうして家の近くに対応している美容室があったことが嬉しくてね……こういうの、縁っていうのかしら？」

「ですね……」

高一の時の二人のやり取りが、巡り巡って今につながっていると思うと、なんだか不思議な感じがした。

「あ、それから……さっき聞いた話の流れから察するに、ちとせさんは憧れの美容師さんとご結婚されたのかしら？」

という夏奈の指摘に顔を赤く染めたちとせの左薬指には、キラリと輝く銀色のリングがはまっている。

「それでね……もし、ちとせさんが嫌じゃなければ、なんだけど」

そう前置きをした夏奈が「今度一緒に美味しいケーキでも食べに行かない？」と女子高生のようなノリで提案してきたので、ちとせは胸に熱いものがこみ上げてくるのを感じながら「ぜひ！」と笑顔で応えたのだった——。

波の花

杉背よい

「私の家族と生き甲斐は、この仕事」

今日も鏡を見つめながらナミは考えていた。毎朝早起きをし、店内に風を入れ、掃除をする。今日もお客は一人も来ないかもしれない。それでも毎朝店を開かずにはおられなかった。

この店にお客が絶えなかった頃。母と二人、ナミは鋏を動かしたりパーマのためのロットを巻いたり、手分けをしてシャンプーをしたり一日中忙しく立ち働いた。

もっと前に時間を遡ると父がいた。もともとこの美容室「波の花」は父と母が経営する理髪店だった。理容師だった父を母も手伝っていた。一人娘のナミも、幼い頃から父と母が店で働く姿を見るのが好きだった。ナミは高校を卒業すると迷わず美容師の資格を取り、父が亡くなってからは美容室に切り替えた。それからたくさんの人たちの髪を整え、店を守ってきた。女性もいれば父親のお客だった男性もいた。皆、「ありがとう」と笑って店を出て行く。その瞬間がナミは何よりも好きだった。

「ナミぃ、そろそろ店開けるぞ」

父親の声が聞こえた気がしてナミは振り返る。だいぶ耳が弱くなってきたのだろうか。それとも、自分ではまだ元気なつもりでも確実にお迎えが近付いているのだろうか。ともかく「はあい」と返事をして、ナミは今日も美容室を開けた。

母が病に倒れ、三年ほど介護と美容師の仕事を両立した。生半可《なまはんか》な日々ではなかった。自分は髪を振り乱し、お客の髪を整えた。そして母を看取ると、ナミは七十歳になっていた。一日一日は長いのに、全体でみればあっという間の月日だった。竜宮城から戻ってきたみたいに、鏡に映る自分には実感がなかった。母が現役を退いてからお客の数もぐっと減った。お客も皆、年を取ったのだ。ナミは店に来られないお年寄りのために、家に出張して髪を洗ったり、できる限りのヘアカットなども行った。「さっぱりした」とお客さんが笑ってくれると、これまでの辛かったことも帳消しになる思いだった。

「さて。今日はどうしようかしら」

開店したものの、このところ客足はさっぱりだった。たまに予約の電話をくれる人もいるが、ふらりとやってきて店が閉まっていたらその人は悲しむだろう、と思うと毎日開けてしまう。ナミは入り口に腰掛け、往来を眺めていた。

――そろそろ店を畳むべきかもしれないけど。

毎日そのことを考えない日はなかった。しかしナミには最後の一押しがないのだった。自分にはこの店と仕事しかない。日々を変えるのが怖かった。

その日もお客はなく、ナミは入り口でうつらうつら船を漕いでいた。するとガラス扉に人影が映り、しばしためらった後に入ってきた。

「いらっしゃい、ませ……」

ナミは驚いて見返した。入ってきたお客はまだ年の若い男性だったのだ。

「すみません。髪を切ってもらえますか？」

男性はにっこりと笑った。白いシャツにくるぶしが見える丈のズボンを穿いた、こざっぱりとした印象の青年だ。ナミは尻込みした。

「あの、ここは……美容室なんですが、その、お客さんみたいなお若い方の髪型を知らないので、満足していただけるか……」

ナミはあまり話すのが得意ではない。美容師は話術の腕も達者であることが多いがナミは不得手だった。だがお客はありがたいことに、ナミの誠実さと確かな腕を見込んでその後も通い続けてくれたのだった。

「大丈夫です！　さっぱり短くしていただければ。どうか、お願いします」

青年は背筋の伸びた綺麗なお辞儀をした。ナミはせっかくのお客を追い返すというのも気が引けたので、自信はなかったが青年を通した。

ケープをかけ、青年の顔立ちや頭の形を見ていると、短くするべき場所が見えてきた。ナミは細かく確認を取りながら、鋏を進めて行った。

「このあたりまで切ってもいいですか？」

そのたびに青年は嬉しそうに「ええ」とか「お願いします」と答えた。ナミは鏡に映る青年と自分を見ているうちに、一番初めに髪を切らせてもらったお客のことを思い出した。

——気に入ってくれるだろうか。怒らせてしまったらどうしよう。

ナミは迷いながら、緊張しながら最後まで気が気ではなかった。思えば馴染みのお客さんでも毎回緊張していた、と昔の自分を微笑ましく思い返す。

「……いかがですか。こんな感じでは」

鏡の中にはさっぱりとした短髪の青年がいた。恐らくどんな髪型でも似合うのだろう。流行の形とは思えなかったが、シンプルな短髪が青年によく似合っていた。

「ありがとうございます！　とても気に入りました」

青年がくしゃくしゃと幼い笑顔になったので、ナミは安堵した。

「よかった……でも、どうしてこんな、昔ながらの美容室に来られたんですか？お客さん、地元の人でもなさそうだし」

地元の若者たちが髪を整えに行くときは、電車やバスを使って遠くへ行く。

「実は」と言って青年はナミに名刺を差し出した。そこには「映画監督　北市《きたいち》祐樹《ゆうき》」と書かれていた。

「映画監督……」

ナミは名刺に目を落としたまま棒読みする。青年、祐樹は「まだまだ新米なんですけどね」と照れ笑いをした。

「今、新しい映画のロケ地を探していて、偶然ここを見つけたんです。映画の中に、美容室が出てくる一シーンがあって、このお店がとてもイメージにあっていたので……つい入りたくなってしまって」

祐樹は目を輝かせていた。ナミは生返事をする。

「中も綺麗に手入れされていて、おまけにこんなに丁寧に髪も切ってもらえて。あの、もしよかったら一日だけ、お店を撮影に貸してもらえませんか？」

「えっ？」

ナミは面喰《めんくら》ったが、祐樹は「明日、電話でお返事聞かせてください」と言いおいて出て行った。短くなった髪を手で撫でる祐樹は嬉しそうだった。

祐樹が出て行くと、ナミはまた一人になった。

「映画の撮影だって……驚いた」

何年も仕事のことだけを考えてきた。気付けば父を看取り、母を看取り、結婚もせず、店を守り続けてきた。ナミにはそれがあっという間過ぎて実感がなかったが、この店「波の花」に常連のお客さん以外がやってきて、新たな流れに巻き込まれるなどということは予想もしていなかったのだ。

結局ナミは、祐樹の申し出を承諾した。一日、朝から夕方まで店を撮影場所として提供する。多くはないが有償で、そばで見学していても構わないと言われた。その日は早朝から目が覚め、そわそわして落ち着かなかったので店中をいつもより丁寧に掃除した。そしてあらかた開店準備が整ったところで、撮影スタッフと祐樹がぞろぞろと連れ立って現れたのだ。

「本日はよろしくお願い致します」

祐樹はまたしても折り目の正しいお辞儀をし、改めてナミにお礼を言うと撮影準備に入っていった。

ナミは店の片隅で、撮影の一部始終を見ていた。カメラが据えられ照明が準備され、マイクも用意された。そして俳優が入ってくると、一気に店の中の雰囲気が変わった。

——なんて綺麗なの。

ナミは思わず見とれた。テレビをほとんど見ないナミは名前を知らないけれど、きっちりと後ろで髪を束ねた若い薄化粧の女優と同じく若くて精悍な俳優が並んで店内を歩いているのは夢のような光景だった。

女優は美容師の役なのだろう。お客の役の俳優の後ろに回り、櫛で髪を梳《す》いていた。鏡の中の男性が微笑むと、美容師役の女性も嬉しそうに笑う。ナミはそれだけで胸がいっぱいになった。自分の若い頃がこんなに華やかであるとは思えなかったけれど、いつの間にか今以上に一生懸命だった若い自分の姿と重ね合わせていた。

「このお店、『波の花』って言うんです。東北出身の母が、こちらにお嫁に来て、波の花が好きだった、懐かしいと言うから父が母を思ってつけたんですよ。ご存じですか？　波の花。海の岸壁に波がぶつかって白い泡ができるんです。それが風に舞うと花みたいに儚《はかな》げに見えるんですって」

ナミは耳を疑った。お客と話す演技をする女優が発した台詞は、まさしく「波の花」の店名の由来だったのだ。

「母さんが好きだからな。お前の名前もそこからつけたんだよ」

父が恥ずかしそうに言う隣で、もっと恥ずかしそうにしていた母が思い出される。ナミは自分の頬に涙が伝い落ちていることに気付いた。ポケットからハンカチを出してそれを拭う。周囲は撮影に夢中で誰もナミのことなど気にしてはいない。ほっと胸を撫でおろしながら、改めてナミは店を客観的に見た。

——やめるのは、今なのかもしれない。

ナミは初めて冷静な気持ちでそう思った。若い撮影スタッフと華やかな俳優によって店は息を吹き返しているかのように見えた。華やかで忙しい時期をナミは店とともに乗り越えてきた。でももう、終わりなのだ。物事には必ず終わりがある。その瞬間がやっとナミにも見えたのだった。

夕方、撮影は無事に終了した。ナミは思い切って祐樹に声をかけた。

「あのう、さっき……女優さんの台詞で……」

ナミが言いかけると、祐樹はそれを遮り、「すみません、許可も取らず……

お店の由来を勝手に作ってしまって」と頭を下げた。

店の名前はそのまま使用する許可を出していた。しかし、店の由来が祐樹の考えた設定と重なっていたことを告げると祐樹は心底驚いていた。

「……私、何ていうか、本当に嬉しくて。ありがとうございました！」

ナミも精一杯頭を下げた。そしてナミは祐樹をまっすぐに見つめた。

「もうじきこの店も閉じてしまおうと思っていたんです。長年美容師として働いてきた私にとって、最後のご褒美のような一日でした」

嬉しそうに聞いていた祐樹の顔色が突然曇る。

「お店、閉めちゃうんですね」

「もう私も体が辛くなってきましたし、お客さんも少なくなってきましたので」

ナミはだいぶ落ち着いた心持ちで言った。祐樹はしばらく寂しそうな顔をしていたが、微笑んで言った。

「まだもう少し時間がかかりますが、映画が完成したら、ぜひ試写会に来てください。このお店がどんなふうに映っているか、楽しみにしていてくださいね」

「はい！」

ナミは弾んだ声で答えた後、少し恥ずかしくなってしまった。

撮影スタッフたちは引き上げていき、店にはまたいつもの静寂が戻った。店を閉めようとしたときに常連客の女性が恐る恐る覗いていることに気付いた。

「今からお願いしてもいいかしら？」

ナミは張り切って答えた。

「もちろんですよ。さあ、どうぞ」

女性の顔はぱっと華やぎ、ナミに促された椅子へ腰掛けた。ナミがお客の後ろに回ると、鏡に映る自分と目が合った。どこか満足そうな、いつもよりも少しだけ堂々として見える表情のナミがそこにはいた。

美容室「波の花」は、それから三ヶ月後に閉店した。予定ではもっと早くに店を閉じるつもりだったが、常連のお客たちに挨拶をするたびに引き止められ、予約を受けているうちに三ヶ月が経《た》ってしまったのだった。店の最後の日には常連の女性が花を持ってきてくれた。ナミはひっそりと一日を終えるつもりだったので驚いた。

「ナミさん、今までありがとうね。なんかさ、いつでも行けると思っちゃうんだよね。いつもナミさんが店を開けていてくれるつもりでさ。でもそれはありがたいことだったんだよね」

常連客はしみじみとつぶやいた。花の入った鉢植えと、お菓子をナミに渡すと「これからはお茶飲み友達として仲良くしてよ」と笑った。

「こちらこそ、よろしくお願いします」

ナミも笑って答えた。そんなささやかで、温かい最後の日をもって「波の花」は閉店した。ナミはとても満ち足りた気持ちだった。

ナミが美容師を引退して一週間ほど経ったころ、北市祐樹から電話がかかってきた。

「お久しぶりです。実は映画とは別にお話があるんですけど……」

「はあ……」

ナミは電話越しに話が進むにつれて驚いた。映画撮影にエキストラとして参加していた境田遥人《さかいだはると》という青年が、「波の花」をいたく気に入り、譲ってもらえないかと祐樹を通して相談してきたのだ。

「親友のよしみでエキストラ参加してくれたんですけど、本当は長年飲食の仕事をしている男で、カフェを開きたいらしいんです」

「カフェ、ですか……」

またも思ってもみない展開にナミは言葉を失っていた。「波の花」は住居を兼ねておらず、ナミは店から徒歩七分ほど離れた小さな一軒家に暮らしていた。膝を痛めて店に通うことが大変になってきたこともある中での閉店だった。しばらくはゆっくりしてから、店の処分を考えようと思っていた矢先だったが、ナミは考える間もなく、また店と向き合うこととなった。

「あの、先日ご覧になっておわかりかと思いますが、古い建物ですよ。あちこち傷んでいますし、水回りは整っていますが調理となると……」

電話の向こうで祐樹が笑った。

「撮影のとき、気になってあちこち見ていたらしいんです。で、なるべく今のお店の雰囲気は残しながら必要な部分をリフォームしたいって言ってます。あんまり愛想はよくないですけど、真面目なヤツですよ」

ナミは祐樹の言葉を聞きながら、ほぼ気持ちは固まっていた。

大切なものだからこそ、誰かに譲りたい――ナミは初めてそう思った。

「これも、何かのご縁なんでしょうね」

ナミは受話器を握り締めた。自分ではそのつもりはなかったのに、手にはじっとりと汗をかいていた。新しいものが好きだった父も、商売熱心だった母もきっと賛成してくれる。そんな気がした。

それからまもなく祐樹に連れられて、境田遥人が「波の花」に挨拶に来た。祐樹に聞いていた通り、遥人は無口な青年だった。

「よろしく、お願いします」

不器用に挨拶をして、深々とお辞儀をする様子にナミは目を細めた。決して口数が多くはないナミの手から、同じように無口な遥人に店が受け継がれることを嬉しく、誇らしく感じた。

「このお店、大切に……使わせていただきます」

遥人の言葉にナミは「ええ」と頷いた。それでもう十分だった。

そこからまた半年ほどの月日を経て、「波の花」はカフェとして生まれ変わった。店はナミの手を離れ、第二の人生を歩き始めたのだった。

散歩に出ようとしたナミは郵便受けに祐樹からの試写会の招待状が入っているのを見つけた。それを大切にバッグにしまい、ゆっくりと歩き出す。漁港は今日も穏やかだ。仕事を辞めてしみじみと風景を眺められるようになった。

ナミは散歩の途中で立ち止まり、看板を見上げた。かつて家族で働いていた美容室「波の花」はカフェ「ナミハナ」になった。ナミが鋏を使っていた場所で今はお客さんがお茶を楽しんでいる。そのうちに美容室のことは忘れられてしまうのかもしれないが、それもいいような気がした。店を覗き込むと、遥人が会釈をする。「今度は思い切って中でお茶を飲もう」ナミはひっそり微笑むと、遥人に会釈を返して歩き出した。

名もなき花でも咲きほこれ

猫屋ちゃき

自分の地元が田舎だとはわかっていたけれど、久々に帰ってきて駅前のバス停の時刻表を見たときに、本気でここは田舎なんだなと思い知らされた。あと一時間以上待たなければ、実家の最寄りの停留所に寄るバスは来ない。

歩いて二十五分。歩けない距離ではないから、仕方なく歩いて帰ることにした。新幹線と電車を乗り継いで帰ってきて本当は疲れているのだけれど、一時間もバスを待つよりマシだ。

約十年前に地元を離れたときより、確実に寂れていっている。減ってしまったバスの本数もそうだし、景色もそうだ。

ぱっと見て空き家が増えているし、取り壊されて更地になって、そこに何があったのか思い出せなくなっている場所もある。

愛着があったつもりはないものの、こんなふうに寂しく変わってしまった姿を見るのは嫌だった。もっとも、俺が胸を張って明るい気持ちで帰ってきたのだったら、見え方は違ったのかもしれないけれど。

マネージャーの言葉がなかったら、きっと帰ろうという気にはならなかった。

役者になると言って高校卒業と同時にこの町を出て十年、盆にも正月にも帰らなかったのだから。

「新太《あらた》、今度ケンケンと一緒にオーディション受けてみないか？」

ある日のレッスン終了後、事務所を出ようとしたときにマネージャーにそう声をかけられた。

ケンケンというのは俺と同じ時期に事務所に所属したやつで、最近じわじわ人気が出てきている。プライベートでも親しくしているから嫌いな相手ではないが、一緒のオーディションというのが引っかかる。

「別にいいんですけど……あいつひとりで受けても受かるんじゃないですか？」

どうせ引き立て役だろうと思って言うと、マネージャーは笑顔で首を振る。

「そういうことじゃなくて、新太に合いそうな役があったから、それを受けてもらおうと思って。ケンケンに話が来たときに詳しい概要聞かせてもらったら、絶対にお前が演じるべきだって感じた役があったんだよ！　だから、オーディション受ける方向で話を進めたいんだ」

「はあ……」

マネージャーは尋ねてもいないのに、そのオーディションがおこなわれる舞台の概要について語り始めた。演出家や脚本家は誰で、どのくらいの規模の公演になるのか、どんなメンバーを集めようとしているのか。それを聞くと興味をひかれるけれど、ケンケンと一緒にオーディションを受けるというのがやはり引っかかった。

「新太は遅咲きなんだろうけど、そろそろ絶対化ける時期なんだよ」

やる気にならない俺に対して、マネージャーは目を輝かせている。

役者になっておよそ十年。まだ代表作といえる作品もなく、アンサンブルと呼ばれる名前のない役ばかりやってきた。そんな俺が事務所の出世頭と目される俳優と同じオーディションを受けるという話になって、この人はどうしてこんなに明るい顔でいられるのだろうか。

「それでさ、思いきって宣材写真を変えてみるといいんじゃないかと思うんだ。

今のが悪いってわけじゃないんだが、もっとひと目で新太の良さが伝わる写真に変えたいんだ。どうせだったら髪型も変えてみて」

まだ受けるとはっきり答えたわけではないのに、マネージャーは張り切っている。でも、宣材写真を変えたほうがいいというのには納得した。思えば、もう何年も同じ写真のままな気がする。

「……どういう感じにしたらいいですかね。やっぱり、今人気の俳優に寄せていく感じですか？」

ここ何年も、こだわりもなく同じような髪型を続けていることに気づいて、さてどうしたものかという気持ちになる。似合う髪型にはしているつもりだけれど、無難すぎるのも考えものだ。

「そういえば、事務所入ったときの写真がよかったよ。あの髪型、シンプルだけど素材で勝負って感じがしてさ」

「事務所に入ったときの髪型って……」

マネージャーに言われて記憶をたどって、事務所に入ったときの履歴書の写真のことを思い出した。あれは地元を出るときに父親に「みっともない髪型では送り出せん」などと言われて、半ば強制的に切られたんだった。

東京の芸能事務所に入れて気合いを入れていたときなのに、床屋を営む父親に髪を切られた苦い記憶が蘇る。本当なら田舎の床屋なんかではなく、ちゃんとしたオシャレなヘアサロンで髪を切って写真を撮りたかった。ただでさえ田舎育ちで周囲のオシャレな人たちに対してコンプレックスを抱いていたから、そのあと髪が伸びてすぐ切りに行って写真も撮り直してもらったはずだ。

「あれは親父に切ってもらったんで、あのときと同じ髪型にするのは難しいですね」

「そういえば、新太のお父さんは理髪師だったな！　それなら、また切ってもらったらいいじゃないか」

「いや、実家は遠いですし……」

「やっぱり新太のことをよくわかってる人に切ってもらうのがいいんじゃないかな。初心に帰るって意味でもさ」

あまりにもキラキラな笑顔で言われてしまうと、その場で俺は何も言い返すことができなかった。何より俺は、マネージャーに恩がある。

一年間学んだ養成所を卒業するという段階になっても、俺はどこの事務所からも声がかかっていなかった。同期たちはみんなどこかしらに所属することが決まっていたし、すごいやつは何社からも声がかかっていた。

そのときに俺に声をかけてくれたのが今のマネージャーだったから、俺はこの人の言うことは基本的に聞くし、裏切れないと思っている。実際に、この十年間俺が何とか俳優を名乗れているのはこの人のおかげだ。

というわけで、俺は強行スケジュールで地元に帰ってきたというわけである。ただ、親父に髪を切ってもらうためだけに。

「ただいま、親父」

今日も変わらず青赤白の縞模様がクルクル回るサインポールに出迎えられ、俺は「バーバーオオイシ」のドアを開けた。ドアベルがカランとなったのを聞いて、親父はお客さんの髪から視線をこちらへ向けた。

「おお、新太。おかえり。そこ、空いてる椅子に座ってくれ」

「あ、うん」

突然連絡して帰ってきたから怒られるかと思っていたのに、親父の態度は穏やかなものだった。お客さんがいるからかと思ったけれど、子供の頃は客がいようと忙しかろうとよく怒られていた。田舎のネットワークとは恐ろしいもので、学校で何か問題を起こせば俺が帰宅するより先にその話が親父の耳に届き、待ち構えて怒られたものだ。

「新太くん、帰ってきたの。大きくなったわねぇ」

「どうも……」

椅子に腰かけると、隣でカラーの最中の女性が話しかけてきた。遠藤《えんどう》さんという近所のおばちゃんだ。常連さんだから、俺の子供のときから知ってる人で、そのせいで何だか気まずい。

悪いことなんてしていないのに、長らく帰ってこなかったせいか、何だか不義理をしている気分になる。

「新太、どんな髪型にしたいんだ？」

「え、あ……東京に出るときに切ってくれただろ？　あれと同じ感じにしてほしいんだけど……マネージャーが、あのときの髪型がいいって言ってくれたから」

「そうか」

親父はたったそれだけの会話で、俺の髪を切り始めてしまった。「髪を切ってほしいんだけど」とだけ伝えて帰ってきてしまったから、いろいろ聞かれると思っていたし、怒られるとも思っていた。

この十年間帰ってきてないどころか、連絡もまともに取っていなかったし。母さんから電話やメールが来たときに、近況報告をしていたくらいだ。

もっとすごい役をもらうことができたらとか、大きな役をもらったらとか、そんなふうに考えているうちに十年が過ぎてしまっていた。「立派な俳優になる！」とたんかを切って飛び出した以上、成果を上げてから連絡するのが道理だと思っていたのだ。

部活も勉強も打ち込めず、そんなときに偶然人からチケットをもらって芝居を観に行ったのが高校二年のとき。それ以来、役者になることで頭がいっぱいで、でも安定志向の親父には理解してもらえなくて、勝手に祖父母や母さんを説得して東京にある養成所のお金を出してもらって入所を決めてしまった。

その負い目があって、絶対に立派になるんだと思ってきた。立派にならなければ、顔向けできないと思っていた。でも、怒ってもくれないということは、親父はもう俺になんて興味がないのかもしれない。むしろ、大口を叩いてなんの成果も上げられていない息子のことを疎んでいるのかもしれない。

「今回さ、結構重要な役のオーディションなんだよ。主役じゃないけど、ちゃんと目立つ役。俺、今までアンサンブルが多かったけど、もしかしたらこれが俺にとっての出世作になるかもってマネージャーも張り切ってて、それで宣材写真も変えてみようってことになったんだ」

親父を安心させたくて、俺はいかにマネージャーが頑張ってくれているか、やる気になっているか、一緒にオーディションを受ける同期の俳優がすごいやつなのかを語った。マネージャーが気合いを入れて、事務所に期待されている同期と一緒に受けるオーディションだといえば、きっと少しは安心させられるだろうと思ったのだ。

「名前のない役ばかりを演じることを、恥じているのか」

「え……」

それまでずっと黙っていた親父が、静かに尋ねた。

「恥ずかしいわけじゃ、ないけど…」

質問の意図がわからず、でも何となく恥ずかしくなって俺はそれしか答えられなかった。

それっきり親父は何も言わず、黙々と俺の髪を切り続けた。

俺がしゃべれなくなったことで沈黙が訪れて、話す前より空気は悪くなってしまっているのではないかと感じる。

「そういえばね、新太くん。私も新太くんが出てる雑誌読むんだけど」

沈黙を気づかってくれたのか、隣の椅子で髪を染められている遠藤さんが、唐突に話しかけてきた。雑誌って何だと考えて、俺が出演していた舞台の情報なんかが出ているものだろうと思い至った。残念ながら特集を組まれたことも、インタビューを受けたこともまだない。

「最近缶コーヒーのCMにちょろっと出てて、人気でドラマにも出た俳優さんいるじゃない。なんだっけ？　木田《きだ》くん？」

「ああ、木谷昌平《きたにしょうへい》ですか？」

「そうそう！　その木谷くんが前に舞台俳優がたくさん出てる雑誌のインタビューで、今後に期待してる俳優の名前に新太くんを挙げてたのよ。『アンサンブルで空気作りに彼は欠かせない。場を整えて安心して演技できる空気を作ってくれる』って。大石《おおいし》さん、それを何度も読んでたのよ」

「え……そうなんですか？」

何度か舞台で一緒に仕事をしたことがあっただけで、木谷昌平とは特に親しいという意識はなかった。人気俳優の木谷が、俺のことをそんなふうに見ていてくれるなんて知らなかった。

そして親父が、演劇に関する雑誌を買ってくれていたことも知らなかったし、それを人前で読んでいたなんて信じられないことだった。

「大石さん、新太くんのこと応援してるのよ。大事なこと、ちゃんと言葉で伝えらんない人だからさー、わかりにくいけどね」

遠藤さんはそう言って、仕方ないわよねとでも言うように笑った。

鏡越しに親父の顔を見れば、何だかバツが悪そうな顔をしている。秘密にしていたことをバラされた子供みたいな顔だ。

「私、ここじゃなきゃ髪型が決まらないのよ。よそに行ってもだめ。大石さんは私の髪の癖をよくわかって、似合う髪にしてくれるから。他の人たちもそう」

秘密をバラしてしまったことへのフォローなのか、遠藤さんは今度は親父の技術を褒めた。

でも確かに、俺も子供のときはずっと親父に切ってもらっていたが、髪型のことで周囲から馬鹿にされたことはなかった。むしろ今思えば、褒められることのほうが多かった気がする。そして、マネージャーも認める技術だ。

それなのに俺は、これまで一度も親父の技術を言葉にして褒めたこともなければ、心の中でもすごいと思うことなく生きてきた。

褒めてほしい、認めてほしいと思うばかりで、自分だって親父を褒めたことがなかったと思い知らされた。

「床屋の仕事もな、お前が頑張ってる名前のない役と一緒なんだ」

ずっと黙っていた親父が、またぼそりと言った。顔を見れば、照れているのがわかる。秘密をバラされなければ、口を開く気はなかったのかもしれない。

「前に出ることはないかもしれない。でも、誰かの足元を支えてるんだ。父さんは自分の仕事を誇ってる。お前も、自分の演じてきたものを誇ってもいいんじゃないか」

「親父……」

鏡に映る、俺の髪を切っている親父は、よく見れば本当に楽しそうだった。

じいちゃんからこの店を受け継いで理髪師になった親父のことを、思春期の頃は内心で馬鹿にしていた。こんな田舎で親の仕事を継ぐなんて自分は絶対に嫌だと思っていた。

　でも、地元の人に信頼されてずっと通ってもらえるというのは、すごいことなのだと今は思う。親父が言うように、誰かの足元を支えていくっていうことなのだと思う。

「できたぞ」

　鏡の中の俺は、中途半端な長さだった髪が整えられ、さっぱりとしていた。十年前に地元を離れるときにしてもらったのとほとんど同じ髪型だ。でも、今の年齢に似合うように微調整してくれているのもわかる。

「新太くん、ますます男前になったわね」

「ありがとうございます」

　遠藤さんに褒められて、俺は素直に嬉しかった。自分でもいいと思うし、人から褒められると自信になる。

「うちの息子も就活のときに新太くんカットにしてもらってうまくいったのよ」

「新太くんカットって……」

「大石さんが、この店の売りにしてるのよ。『東京の芸能事務所の人間の心を射止めた髪型』って言って」

俺に内緒にしていたことをまた遠藤さんにバラされて、親父は「そういうことは言わなくていいから」ともごもご言った。

演劇の雑誌を買ってくれていることといい、俺の髪型を店の売りにしていることといい、親父が俺を応援してくれていることがわかって、胸がじんと熱くなった。

喧嘩別れみたいに家を出てしまったから、応援なんてしてもらえないと思っていた。いつまで経っても成果らしい成果を上げられない俺を、恥じていると思っていた。

でもそれは俺の勝手な思い込みで、親父は俺のことを思ってくれていたのだ。それがわかって、救われた気がする。

「せっかく男前にしてもらったから、ババンとデカイ役もらってくるわ！」

親父に胸を張れるように、親父にもっと喜んでもらえるように俺は宣言した。

訪問美容アミ

浜野稚子

ナースステーション前で、弘樹《ひろき》は台車を押す若い女性とすれ違った。グレーのパンツスーツに短く整えられた髪、颯爽《さっそう》とした後ろ姿だ。台車には液体ポリ容器が繋がったプラケースのようなものが載っている。何の業者だろう。エレベーターに乗り込む背中を目で追っていると、看護師長に声を掛けられた。

「個室の患者さんが呼んだ美容師さんですよ、加藤《かとう》先生。あれは洗髪台です」

「ああ、訪問美容師さんですか」

弘樹はうなずき、面会受付カウンターの上の面会簿ファイルを開いた。『訪問美容アミ』という団体名と代表者名が書かれている。弘樹は見覚えのあるその字面に息をのんだ。渡辺亜美《わたなべあみ》。「アミってフランス語で友達って意味なの」という大人びた口調の少女の声が脳裏に蘇る。

あれは中学三年になったばかりの春、十五年前のちょうど今頃だ。

「渡辺さん、本当に切っていいの？」

弘樹はハサミを握り直して壁の鏡越しに亜美を見る。「いいよ」と声はするものの、顎まで伸びた前髪に覆われて亜美の表情は窺えない。後ろ髪は腰まであって、丸椅子に座る痩せた背中をすっぽりと包んでいた。

人形の髪も切ったことがないくせに人の散髪をするなんて、我ながら無謀だと思う。弘樹の鼓動は大きく波打っていた。息を詰めて亜美の髪にハサミを入れた。ジャキッと心地よい音が狭い玄関に響き、切れた毛束が亜美の体に巻き付けられた新聞紙の表面を滑り落ちる。静かな土曜の午後だ。西向きのガラス戸から柔らかな日が差し込んで、まるで神聖な儀式のようだった。

その日弘樹は塾帰りに立ち寄った百円ショップで亜美に会った。亜美は二週間前の始業式の日にやって来た転校生だ。伸びっぱなしの蓬頭《ほうとう》が不気味で人を寄せ付けない。弘樹もそれまで亜美と話したことはなかった。店中で素知らぬふりができなかったのは、互いに学校のジャージを着ていたからだ。

「同じクラスだよね？」先に口を開いたのは意外にも亜美だった。長い前髪を横へ流して顔を覗かせた。アーモンドみたいな丸い目は黒目が大きい。肌の色が白く、巣穴から顔を出した雪ウサギのような愛らしさだ。頬の窪みで彼女がぎこちなく笑ったことに気づいた。

「渡辺さん、髪切ったらいいのに」挨拶もなく思ったままの言葉が零れた。

「うん……ママ……母にも言われてるんだけど。面倒で」

「面倒？　そうなの？　女子っていろんな髪型が出来て楽しそうだけど」

「……美容院っていうか、美容師さんと話すのが苦手なの」

亜美が首を傾げ伏し目で言う。弘樹は亜美が美容院に行きにくい理由を瞬時に理解した。小さな町では目新しいよそ者は話題作りのかっこうの的だ。亜美の母親が場末のスナックで働いているとか、ネグレクトだとか、母親の色恋沙汰が原因で越してきたらしいなど、嘘か実か定かでない話はすでに弘樹の耳にも届いている。美容院は特に噂の温床となりやすい。

「あのさ、よかったら僕にヘアカットさせてくれない？」

「え？　もしかして美容院の子なの？」

「いや、僕んちは病院で……」

「病院と美容院、似てるけど」と亜美がフッと息を吐くように笑った。

弘樹はヘアカットやメイクの仕事に興味があることを打ち明けた。百円ショップではヘアメイクの道具を物色していたのだ。きっかけはネット動画だった。スタイリストの鮮やかな手さばきと、人が魔法にかかったように美しく変化していく様に魅了された。人は手入れすれば輝く。亜美の髪も今のままではもったいない。亜美は弘樹の熱弁に押され、「じゃあお願いしようかな」と自宅に招いてくれた。

亜美の要望通り、前髪を眉が隠れる長さに、後ろは肩のラインにカットした。仕上がりは成功とは言い難い。歪みを誤魔化すためにスキバサミを使い過ぎて毛先がパサついたのだ。サイドの髪を耳にかけてヘアムースでなんとか落ち着かせた。それでも亜美は明るくなった視界に満足げに目を細めた。

「加藤君、メイクもしてみない？」

亜美の家は百円ショップの通りから一本入った細い路地にあった。六畳と四畳の和室二間の昭和な造りの長屋。色褪せた壁と襖に囲われた室内は暗かった。

亜美は玄関隣の六畳に上がると吊り下げ照明の紐を引いて電気をつけた。

「ひとりの時は用心のために雨戸を閉めておきなさいってママが言うの」

面倒になったのか、ママを母と言い直さなくなった。この家にひとりでいるのは不安に違いない。弘樹は亜美の母親の噂を思い出して眉を寄せる。やはり子供を顧みない親だろうか。亜美は弘樹の心配を余所《よそ》に鼻歌交じりで座卓の上に母親のメイク道具を広げた。カラーバリエーションが豊富なアイカラーや口紅のパレットで部屋が華やぎ、弘樹の燻《くすぶ》っていた気持ちもやにわに一転した。遠慮せず化粧品に触れられることに気持ちが高ぶった。

弘樹の真正面にヘアバンドで髪を上げた亜美が座り、さあどうぞと言わんばかりに上半身を前に傾ける。亜美の右頰にはうっすらと皮膚のひきつれがあった。弘樹はスマホでメイク動画を確認しながら亜美の顔に化粧下地をのばした。

「美容師とかスタイリストってどうやってなるのかな」

亜美が動画に黒目だけを向けて呟《つぶや》いた。

「専門学校があるよ。でも僕は絶対親に反対される。医者になって家を継ぐって、僕の人生勝手に決めてるから。本人の意思とか希望なんか無視だよ。渡辺さんの親は——」どう？　と聞きかけ逡巡した。中学生の弘樹に受け止めきれない痛ましい境遇を告白されても困る。亜美は察した様子で首を横に振った。

「うちは噂ほどひどくないよ、ネグレクトじゃないし。……私がちっちゃいとき父親が死んじゃって、ママは夜働いてる。けど、やりたいことが見つかったら応援するから相談してって言ってくれるよ」

「そうなんだ。羨ましいな……理解があって」

飛語を信じて軽蔑していた亜美の母親が突然理想の親のように感じられた。

「でも、貧乏だし、叶わないことも多いよ、実際にはね。……なれるなら私はお医者さんになりたいけどなあ。勉強できないからダメかな。私、頰に傷があったんだけど、形成外科の先生がきれいに治してくれて感動したの」

亜美が自分の右頰を指さした。ひきつれのある所だ。弘樹はリキッドファンデーションを亜美の顔面に塗りつけた。ひきつれが見えなくなるように。

「形成外科ってヘアメイクの仕事に似てるかも。加藤君、形成外科医はどう？」

「僕のうちは内科なんだよね」

「内科じゃなきゃいけないって言われてるの？」

「言われてないけど――」医者になるなら内科しか選択肢はないと思っていた。

「いろいろ焦って決めなくていいんじゃない？」

蛍光灯の下で亜美の顔が能面のごとく白く浮き上がって見える。

「ごめん、ファンデ塗り過ぎた」

ティッシュを取り上げ亜美の顔に手を伸ばすと、

「加藤君は自分の顔にお化粧したいとは思わないの？」

亜美の真っすぐな視線が刺さった。真実しか承認しない、そんな目力がある。

「……それはない。僕は、そういうのじゃないよ」

弘樹はティッシュで自分の手のひらを擦った。心に巣くった不安がぬぐえないように、指紋の間に入りこんだファンデーションが取れない。亜美はきっと弘樹の心の内を見通しているのだ。嘘はつけない。

「女の人になりたいわけじゃないんだ。……けど女の人が好きだとも思えない。まだよくわからないけど、僕は親が望むような結婚が出来ないかもしれない」

そのとき弘樹のスマホが着信を知らせた。母からの電話だ。すでに夕飯の時間だった。咄嗟《とっさ》に「塾の自習室にいるよ」と母に嘘をついたからか、電話を終えた途端、早く帰るようにと亜美に追い立てられた。片付けをしないで帰ることを詫びると、亜美は右手の親指を立てて見せた。

「大丈夫。友達が遊びに来たって言ったらママが喜ぶ。私に友達ができるか心配してたんだ。私の名前のアミってフランス語で友達って意味なの」

毛先のまばらな髪が亜美の肩の上で軽やかに揺れていた。

転校生のイメージチェンジは話題になった。好意的な言葉を掛けられている亜美を見ることもあったし、「お金がないから母親が散髪したんじゃない？」なんて陰口が聞こえてくることもあった。素人が散髪したことは見抜かれてしまうようだ。けれど、教室で亜美のはにかんだ笑顔が垣間見られるたび、彼女の魅力を引き出したのは自分なのだと弘樹は誇らしい気分になった。

学校で亜美と会話することはあまりなかったが、塾帰りに亜美の家へ寄ることが増えた。髪が広がらないブローや自然なファンデーションの載せ方、ヘアメイクの技術を調べて亜美に施した。弘樹の手で変化する亜美の見目に心が躍る。弘樹は美容系の仕事にますます魅かれていった。

ゴールデンウイークに入り、一層ヘアメイクに熱を入れられると思っていた矢先のことだ。亜美にメイクの練習を断られた。受験勉強をすると言う。座卓の上にあるのはメイク道具ではなく数学の教科書だ。「将来の展望はまだないけど高校は行きたい」亜美は髪をひとつに結んで、弘樹に背を向けて座った。

弘樹は所在なく畳に寝ころんだ。医学部を目指さないとなれば、高レベルの進学校を狙う必要もない。それほど努力をしなくても今の学力でどこかの高校に進学できるだろう。問題はどうやって親に進路変更を告げるか、そのとき親がどんな反応をするのかだ。

「あのね、私、加藤君に嘘ついてたことがあるの」唐突に亜美が切り出した。「実は私の父親死んでないんだ。アルコール依存症で病院に入ってる。私の顔の傷は、父親が暴れたとき割れたガラスでできたの」

「……何？　何でそんなこと今言うの？」

弘樹は起き上がって畳に座り直した。亜美は座卓に向かう姿勢のままだ。

「うちのママはね、親の反対を押し切って父親と駆け落ちして結婚した。それでどんなに苦しくても家族に頼れなかったの。ママが言うんだよ。結婚して私を産んだことは後悔してないけど、もっと親のことも考えればよかったって」

「それって、僕に親の言う通りにするべきだって言ってるの？」

「『真ん中』を探さないとダメだって意味だよ。お互いが幸せになれるように」

「『真ん中』って何？　僕が僕のしたい仕事をするのは周りを不幸にする？」

ぐずる子供を見るような大人びた面持ちで亜美が弘樹の方へ顔を向けた。

「自分の気持ちばっかりじゃ上手くいかないんじゃない？　親にも気持ちがあるから。両方が納得できるちょうどいいところが『真ん中』。加藤君は、わかってくれないって決めつけて逃げてるだけでしょ。話してみないとわかんないよ、今考えてることが親の反対を押し切ってでもやりたいことなのかどうかも」

「だって、話せるわけないよ。僕の家は病院で……」

「家を継ぐことと将来の夢は別じゃないの？　一回話し合ってみなよ」

うちの親を知らないくせに偉そうに。話し合うという言葉が効力のない呪文に聞こえる。弘樹の思いと親の考えに『真ん中』なんて見つけられそうにない。

弘樹は挨拶もなしに亜美の家をあとにした。

それから亜美の家に行かなくなった。休みが明けても変わらず難関進学校受験対応の塾に通っていたが、目標を見失った状態では勉強に集中できない。かといってただぼんやりヘアカット動画を見るのも落ち着かず、気が塞《ふさ》いだ。

そんなとき、珍しく昇降口で亜美に声を掛けられた。久しぶりに家でヘアメイクしないかと言う。今さら何をと身構えたが、亜美の態度が以前と変わらないので意地を張るのが馬鹿らしくなった。

「出来るだけ派手なメイクと髪型にして」という亜美のオーダーに応えて、つけまつげを使い、濃いアイラインをひき、髪はコテで巻いた。亜美には自然なメイクの方が似合うが、思い切ったメイクもたまにはいい。「ねえねえ、ギャルっぽい？」亜美が高い声を上げた。テンションが高いのは会わなかった間にぎくしゃくした空気を払拭しようとしているせいだろう。

「……渡辺さん、僕はやっぱり人をきれいにする仕事がしたい。誰が反対してもやるって決めたから相談とか要らない。塾はもう行かなくていいや」

「なんかもったいないないな。まあ、加藤君の人生は加藤君が決めるんだもんね。あ、そうだ、私回覧板を隣の家に持って行かなきゃ。ちょっと待ってて」

亜美はパンと膝を打って立ち上がると、サンダルを突っかけて出て行った。もったいないと弘樹も亜美に言ったことがあった。伸びっぱなしの髪が亜美の愛嬌ある表情を隠していたからだ。魅力を発揮しないのはもったいない。では弘樹は？　自分で見つけた夢を直ちに追うのはもったいないことだろうか。

亜美の帰りは思ったより遅かった。しかも届けに行ったはずの回覧板を持って帰ってきた。不審な行動を訝っていると玄関チャイムが鳴った。人が訪ねてくるのは珍しい。背の高い人影が玄関ガラスに映り、亜美は引き戸を開けた。

「あ……」弘樹は六畳間の畳の上に膝立ちのまま固まった。

現れたのは弘樹の父だ。父は弘樹を一瞥してから亜美を見下ろした。

「君が渡辺亜美さんだね？　実は今、弘樹と君の同級生という女の子からうちに電話があってね、こちらに弘樹がお邪魔してると聞いたんだ。弘樹は塾があるから失礼するよ。……ところで君はいつもそんな化粧をしてるの？」

眉を曇らせ父が亜美に問う。険のある声に弘樹は慌てて玄関に下りた。

「お父さん、違うんだ。渡辺さんの化粧は――」

「私、ヘアメイクの仕事に憧れてて、その練習をしてるんです」

「ああ、なるほど」父は亜美の嘘を信じ、夢があることは良いことだが中学生のうちはまず教科書の範囲の勉強をしっかりするべきだと助言した。

「弘樹、塾に行くぞ。遊んでる場合じゃない」有無を言わさぬ威圧的な口調だ。

うちの父はこんな男だよと亜美に目配せする。亜美が視線だけで返事した。

「渡辺さん、弘樹の気が散るからもう誘わないでくれるかな。大事な時なんだ」

「お父さんっ」短く叫ぶと、亜美が弘樹の袖を引いた。

「心配してくれてるんだよ、加藤君を」亜美は弘樹に囁いてから、「すみませんでした、もう誘いません。……私今週末引っ越すんです」と父に言った。

「え……どうして……」

弘樹は亜美の腕を摑み、アーモンド形の瞳を覗く。アイラインが滲んでいた。

「ママ……母が体調崩して母の実家に帰ることになったの」

亜美の母親は親と和解できたのか。逆に言えば、疎遠だった実家に頼らねばならぬほど亜美の母親は体調が悪いのだろうか。詳しいことを聞けないまま亜美に押されるようにして玄関の外へ出た。

「じゃあね、加藤君」と亜美がガラス戸を閉める。

戻ろうとする弘樹の肩を父が捕らえた。家の中から鍵が締まる音がした。

「引っ越すなら後腐《あとくさ》れなくてよかったな。大丈夫だ、若い時の恋愛なんてすぐに忘れる。いつかあの子よりお前に似合う人を見つけられる」

心底ほっとしたように父が言う。弘樹は閉じた玄関扉を振り返る。

「……恋愛なんかじゃないよ」

亜美はアミだ。

「あの子がお前を強引に引っ張り込むのを見たって電話がかかってきたんだぞ」

「誰がそんなこと」

「さあ、……誰だろうな、名乗らなかった。ただ、このままじゃ、お前が一時の情熱に流されて後悔することになるんじゃないかって。すごく心配してたぞ」

弘樹はようやく悟った。電話を掛けたのは亜美だ。回覧板の裏表紙には『加藤医院』の広告が載っていた。そこには電話番号も記載されていたはずだ。

「違うんだ、お父さん。僕、ちょっと進路のことで悩んでて……あの子は、渡辺さんは——」弘樹が父と話す時間を作ってくれたのだ。父との間に『真ん中』を見出せるように。亜美の母親のような後悔をしないように。

「すみません、僕、ちょっと出てきます。すぐに戻りますから」

形成外科医の弘樹は、看護師長にそう言い置いて非常階段を駆け下りた。

あれから夢は形を変えたし、父とは度々衝突した。けれど、勤務医となって家を出た後も家族と絶縁せずにすんでいる。

正面玄関の手前、弘樹は息を切らしてアミの名を呼んだ。ショートカットの後ろ姿が振り返り、懐かしいアーモンド形の瞳を輝かせた。

前よりも、可愛くなあれ

桔梗楓

大阪《おおさか》は堺市《さかい》。多くの車が行き交い、たくさんの人が住まう街。比較的目立つランドマークは、大昔の古墳、仁徳天皇陵《にんとくてんのうりょう》。

そんな住宅地に、古い美容室があった。

――ふらわあ美容室。

「いつ見てもダッサイ店やわ～」

美容室に入るなり、高校の制服を着た女の子――和田穂波《わだほなみ》が嫌そうに呟《つぶや》く。

「はいはい、ダサくて悪かったなあ」

店内にいるのは、ここで働く店長にして唯一の従業員、寺島美津子《てらしまみつこ》だ。

穂波は、小学一年生のころからここに通っている、いわば常連客である。

昭和感溢れる古ぼけた店構え。オシャレとは言えない店名。

多くの若い客はまず近寄らない。実際、『ふらわあ美容室』の長所など安価だということと、美津子が陽気で愛想がいいということくらいしかないのだ。

「今日はカットにするん？」

店内のセットチェアに案内して、穂波にカットクロスをかける。

「ほんまは、髪を脱色したいんやけど」

「校則あるやろ〜あかんやろ〜」

「うっさいなあ、言ってみただけや。……髪揃えるのと、ちょっと梳いて」

穂波が疲れたようなため息をつく。

「くせっ毛やと、メンテナンスも大変やなあ」

コームで長い髪をときながら言うと、穂波はムスッとした顔をした。

「ストパーあてたいけど、あかんのやろ」

「それも校則あるやん。あかんあかん。まああと数年で大人やん。我慢しい」

美津子はダッカールで髪を留め、毛先をカットしていく。

「どうでもええけど制服くらいちゃんと着いや。シャツ出して、だらしないで」

「これはファッションなん！　オバンにはわからへんやろうけど！」

「へー。オバンにはわからんなあ」

シャキシャキとハサミの音が鳴る中、穂波が鏡越しに唇を尖らせた。

「今、こういうのが流行ってんねん」

「ふぅん。知らんかったわ」

美津子は、穂波と会話するのが好きだった。

小さい頃から大人のまねをしたがり、生意気な口調が目立つ女の子。

「おおきに。また来いや〜」

「ここ来ると説教ばっかりや！　もう二度と来んわっ」

施術を終えたあと、いつもこんなやりとりをして、穂波は店を後にする。

口の減らない子だが、どこか憎めない。

だってそんなことを言っていながらも、穂波は来てくれるのだから。

美津子は、次に穂波が店に来てくれることを、待ち遠しく思った。

しかし、この日を境に、穂波は店に来なくなってしまった——。


ため息を、つくことが増えていく。

穂波が店に来なくなって、半年が経った。

別に家族ぐるみのつきあいがあるわけでもない。時々髪を整えに訪れる——

穂波と美津子の関係なんて、その程度だった。

(店、変えたんかなあ。やっぱりこんな古臭い店、若い子は嫌やんなあ)

訪れる客のほとんどが壮年か高齢の女性ばかり。

近くには若い美容師がいるオシャレな外観の美容室がたくさんある。

店を変えてもおかしくはない。むしろ自然な行動と言える。けれども……。

「寂しいちゅう気持ちは、さすがにあるなあ」

窓際に置いてある鉢植えに水をやりながら、ぼんやりと呟く。

美津子には子供がいなかった。いや、できなかった。美容室を営む夫と結婚したあと、自分には子供ができにくいことを知ったのだ。

不妊治療をしたが、高額な医療費がかさむだけで何の成果も得られないまま日々が過ぎていく。そして突然訪れた、夫の死――。

美津子は人生に絶望した。生きる希望を失った気分になった。

そんな美津子に唯一残されたのは、夫が自分に託した美容室だった。すっかり時代遅れな外観に、お世辞にもセンスが良いとは言えない店名。周りから、土地ごと手放してお金にしてはどうかと助言されたが、美津子はすがるように美容室を守った。自分にはそれだけが生きる意味だと言うかのように。

その頃、家が近いから、安いから、お母さんに言われたから。

そんな理由で、女の子――穂波は、古びた美容室にやってきた。

減らず口をたたき合っているうち、いつの間にか、美津子は彼女を自分の子供のように感じるようになった。成長を親になった気分で見守っていた。

垢抜《あかぬ》けない女の子は、やがて思春期になり、覚えたばかりの化粧をしたり制服を改造したり、あれこれと自己主張に迷走しているそぶりを見せ始めた。

店を変えただけならいい。でも、道を踏み外していたら？

いや、考えすぎだろう。ただ、寂しい。髪は切らなくていいから、顔を出すだけでもいいから、来てほしい。

彼女の来訪を切望する日々。すると、穂波が唐突に店にやって来た。

「いらっしゃい！　なんや〜久しぶりやない……の」

ドアを開けて笑顔で迎える。しかしその笑顔はビシッと固まってしまった。

なぜなら穂波の長い髪が金色だったのだ。もはや見事としか言えないくらい。

「あらまあ……しばらく見ない間に、えらいド派手になったねえ」

「うっさい」

穂波はぶすっとした顔でのしのしと店内に入っていった。

「……髪、ショートにして。黒色に、染めて」

「え？」

思ってもみなかった注文に、美津子の目が丸くなる。穂波は下を向いたまま、悔しそうに言った。

「学校に、親、呼び出されて、先公が、髪黒くせえへんと退学やって言って」

ぐっと唇を噛む。紅を塗った唇が、赤く潤んだ。

「うちの学校アホばっかりやし、誰も校則守ってへんし、このくらいええやろって自分でブリーチかけた。せやけどめっちゃ怒られて、おかんは号泣や」

美津子は、穂波が髪を脱色したのは、ファッションだけの問題ではない気がした。前から少し思っていたが、親とうまくいっていないのかもしれない。どこか、穂波からは親に対する反抗心のようなものを感じるのだ。

「そやったらうち、退学したるわって言ったら、おとんまで泣いてしもうた。ずるいよなあ、普段は偉そうに命令ばっかりするのに、そういう時だけ被害者ぶるんや。うちを悪者にするんや」

「穂波ちゃん……」

美津子は、かける言葉が思いつかない。もし自分が親だったら、こういう時になんて言うのだろう。子供がいたら、いい言葉を思いついたのだろうか。

「うちの言うこと聞いて貰えたことなんかない。なんでもあかん、子供やから親の言うことを聞け、そればっかりや。先公だって」

ああ、と奈津子は思った。

この子はとても不器用なのだ。そしてきっと、親も不器用なんだろう。穂波は反抗することでしか、親は命令することでしか、お互いにコミュニケーションが取れないのだ。それはとても、やりきれないことだった。

「ほんまは切りたない。髪も黒くしたない。なんで好きなように生きられへんのやろ。うちが働いてないから？　子供やから？」

「そやなあ」

美津子は気持ちを切り替えると、穂波をセットチェアに案内した。

「ある意味、それは正解や。やっぱり未成年っていうのは窮屈やと思う。でもルールを守るのは社会で生きて行く上で必要不可欠の、大事なものやからね」

そう言いながら、美津子は優しくコームで髪をとく。

親には言えない弱音を、穂波はここで言ってくれた。だから美津子は思う。

――親ではない他人だからこそ、助けられる子供もいるのかもしれないと。

「まあ、そうしょげんでええ。うちにまかせとき！　ショートで黒髪でも、めっちゃ可愛くしたるさかい、安心し！」

「はあ？」

穂波が呆れ顔で振り返る。美津子はフフンと胸を張った。

「言っとくけど、うちはプロの美容師や。ちゃあんとコレ、持っとるんやで」

ぱしぱしと自分の腕を叩く。穂波はますます呆れた顔をした。

「こんなダッサダサの美容室の店長が言うセリフう？」

「しっつれいやな～！　歴史が詰まっとるだけやっちゅうねん。ええからうちにまかせとき！」

ダッカールで手際よく髪を留めていき、使い古したハサミを手に取る。

しゃきん、しゃきん。

思い切ったカット、でも繊細に。美津子は真剣な表情で、穂波の髪を切る。

可愛くなれ、可愛くなれ。

ハサミを動かすたび、そんなおまじないにも似た言葉を心の中で繰り返す。

好きなように生きられないのが、もどかしいだろう。窮屈な気持ちだろう。

「あんた素材はええんやから。前よりもずっといい感じになる。ついでにメイクの技法も教えたるわ。前から思っとったけど、あんたメイク下手くそやで」

「うっ、うっさいなっ」

髪を切られながら、穂波が怒った口調で言う。クスクスと美津子は笑った。

カットを終えて、カラーを入れる。穂波は時々ぐすっと鼻を鳴らしていたが、おとなしくしていた。

そして、シャンプーとトリートメントを終えて、髪をブローして……。

「はいっ、できたで！　どや！」

最後に鏡を出して、後ろ髪を映してみせる。

「わ……」

穂波は、顔を動かして、鏡越しに自分の後ろ髪を見た。そして前にある鏡をジッと見て、前髪に触れる。

ボーイッシュなイメージのある、ショート。だけど遊び心をふんだんに入れて、女性らしい可愛らしさを表現していた。

「ショートウルフカットや。顔の近くはシャギーを入れて小顔効果アップ。後ろの毛先は少し長めに残して、外ハネさせてん。結構可愛いやろ？」

全体的にふんわりした、軽やかなヘアスタイルだ。

ちょっとドキドキしつつ、美津子が返事を待っていると、しばらく前髪を弄《いじ》っていた穂波は軽く俯《うつむ》く。

そして顔を上げた彼女は、照れくさそうに頬を赤くさせて――。

「まっ、まあまあやん」

そう言って、ぷいとそっぽを向いた。


あれからどれくらいの年月が経っただろう。

穂波はしばらくの間、ショートヘアのメンテナンスに来てくれたが、彼女が高校を卒業したと同時にパタッと来なくなってしまった。

寂しい気持ちはある。でも、美津子は前のような未練は感じなかった。

だってそれが成長というものだし、自分が彼女にしてあげられることは、全部できた気がするのだ。

ただ、元気でいればいい。自分らしく生きていてほしい。

美津子が願うのは、それだけだった。

日常は変わらない。少し退屈さを感じながらも、常連客と話すのは楽しくて、美容師の仕事はやりがいがある。

ハサミを握って丁寧に髪をカットし、美しく整えた髪の毛先に満足感を得る。

今日も美津子は、店の窓際にある鉢植えに水をやっていた。

その時――ドアが開いた。

「いらっしゃいませ……」

予約なしで客が来るなんて珍しい。そう思いながら振り返ると。

「久しぶり」

覚えのある面影。ショートウルフと、ナチュラルメイクが似合う大人の女性。

忘れるわけがなかった。ずっと心の中でその幸せを願っていた、美津子の大切で可愛いお客さん。

彼女の後ろには背の高い男性、そして前には小さな子供がふたりいた。

(なあんや、心配してたのがアホみたいやったわ)

美津子は嬉しさのあまり、肩の力が抜けてしまう。

こんなにも幸福そうな姿を見せられては、安心するしかないではないか。

(まだ、その髪型にしてくれてるんやね。ほんまに優しい子やわ)

自分のやったことが無駄ではなかったこと。彼女にとって意味のあることだったのが、何よりも嬉しかった。

「ああ、えらい綺麗になったねえ。その髪型、似合うよ」

「メイクも上手くなったやろ」

ニコッと笑う穂波に、美津子はクスクスと笑う。

「プロも顔負けやわ」

さあ、今日はもう店じまい。おいしいお菓子とお茶を用意しよう。なんせ久しぶりなのだ。今まで何をしていたのかとか、根掘り葉掘り聞き出さないといけない。後ろの男性も気になることだし、いっぱい話してもらおう。

(忘れてたなあ。幸せって、こういう気持ちになることやったね)

今更思い出したように、美津子は瞳を潤ませた。

黒髪のゆくえ

楠谷佑

教室に入ってきた紫子《ゆかりこ》を見て、真白《ましろ》は絶句した。

——正確に言えば、彼女の髪を見て。

「おはよう、しろちゃん」

なんでもないように挨拶してくる紫子に、真白はすぐに言葉を返せなかった。

「お、おはよう……。えっと、紫子……どうしたの？」

真白は、おずおずと自分の頭を指さしてみせた。

春休み前までは、肩甲骨《けんこうこつ》を覆うほどの長さがあった紫子の髪。それが今では、肩にも届かないほどのショートヘアになっているのだ。

「ああ……、今日からわたしたちも三年生でしょ？　だから、ね。心機一転したくて」

紫子の声は、どこか空々《そらぞら》しかった。

真白と紫子は、高校に入ってすぐ友達になった。

同じクラスで、部活も同じ吹奏楽部。ふたりの出身中学は違ったが、どちらにも同じ中学から進学した仲間がいなかったこともあり、またたく間に親しくなった。

ときどき、真白はそのことが信じられない気持ちになる。どうして紫子は、自分なんかと友達でいてくれるのだろう――と。

紫子はとても聡明《そうめい》な子だ。勉強もできて、思慮《しりょ》深くて落ち着いている。ひかえめな性格だけれど、大事な場面では自分の意見を主張することをためらわない、芯《しん》の強さがある。

ひとことで言えば、紫子は真白にとって憧《あこが》れの相手なのだ。

高校三年生の一日目。

ホームルームの間も、授業の間も、真白はずっと斜《なな》め前に座っている紫子の後ろ姿を見ていた。短くなってしまった彼女の髪を。

（どうして？　紫子、どうして髪を切ったの……）

紫子の長い黒髪も、真白にとっては憧れの対象だった。

長くて、黒くて、艶《つや》があって——紫子本人も、その髪をとても大切にしていた。

「この髪はね、小学生の頃から伸ばしてるわたしの宝物だから。わたしと家族の命の次に大切」

あるとき、冗談めかしてそんなふうに言っていた。

真白は自分の癖毛がけっこうコンプレックスで、ずっと彼女の長くてまっすぐな髪に憧れていた。

心機一転、と彼女は言った。なるほど、ありそうな理由だ。誰でも、突然イメージ・チェンジしたくなることはある。——けれど。

(じゃあ、どうしてそんなに暗い顔をしてるの……紫子)

「ゆーちゃん、失恋したんじゃないかな」

茜《あかね》の言葉を聞いて、真白は運んでいた譜面台《ふめん》を取り落としそうになった。

「え……、失恋って」

「ずっとロングだった人が髪をうんと短くするのは、失恋したとき……って、昔から決まっているからね」

茜はしかつめらしい顔で、うんうんと頷いている。

場所は校舎のはずれの第二音楽室。今はパート練習の最中で、楽器が違う紫子は隣の第一音楽室にいる。

「でも、紫子は付き合ってる人とか、いなかったと思うけど」

「そうかなぁ。周りに内緒で付き合ってるとか、普通にありえるでしょ。ゆーちゃんって、良いことも悪いこともあんまり周りに言わないタイプだし」

たしかに、紫子はそういう性格だ。

テストで学年一位だったときも、真白が尋ねるまで黙っていた。そうかと思えば、教科書を忘れてきたときに他のクラスの子から借りるのをためらったりもする。なにごとも自分の中で処理してしまう子なのだ、紫子は。

(そっか……、言われてみれば紫子は、前からちょっと変だった)

たしか、二年生の十二月ごろから——だったと思う。

紫子には元気のない日が増えた。なにがあったの、と尋ねたら「ちょっと家の中がばたばたしてててね」と、彼女は答えた。

真白は一年生のときからしばしば紫子の家にお邪魔している。そこで、紫子の妹――たしか、いま中学二年生――とも仲良くなった。けれど、十二月からは紫子が自宅に誘ってくることはなくなった。

「家庭のトラブル、なのかも」

真白の言葉に、今度は茜が驚いて目を丸くした。

「ええっ？　大げさだよぉ」

「髪のことだけじゃないの。紫子、去年から悩んでるみたいだった……。どうしてあたし、今までちゃんと聞いてあげなかったんだろう、紫子の話」

唇を噛む真白の顔を、茜は気づかわしげに覗きこんでくる。

「べつに、しろちゃんが悪いわけじゃないでしょ。それに、これから聞いてあげればいいじゃない」

「でも……」

「しろちゃんは、ゆーちゃんのいちばんの親友でしょ。ゆーちゃんの力になれるのは、しろちゃんだけなんだよ」

真ん丸な目で、茜は真剣に真白の目を覗きこんできた。けれど、真白はまだ心が決まらない。

紫子は、真白に悩みを打ち明けてこない。ということは、その悩みは誰にも言いたくないことなのかもしれない。探ろうとしたら、かえって紫子を苦しめてしまうのではないか。

（あたし、どうすれば……）

部活動が終わるまで、真白はずっと悶々と考えていた。

翌日——土曜日。

真白が美容院に行くことを決めたのは、ほんのちょっとした思いつきだった。

（ちょうど髪も伸びてきてたし……、いつも行ってる店だし）

心の中で言い訳をしながら、その店を目指した。授業はお休みで、部活動は午後から。じゅうぶんに時間はある。

そこは学校の最寄り駅の近くにあるお洒落な店。真白も紫子も、この同じ店で切ってもらっている。

「いらっしゃいませ！」

店長の水野《みずの》さんが奥から出てきた。真白をいつも担当してくれる美容師だ。紫子も、彼女に切ってもらっていると言っていた。

「おはよう、真白ちゃん。今日もこれから部活？　頑張るねー」

賑やかに話しながら、きびきびと真白を案内する。店には、他に人はいなかった。水野さんは真白をシャンプー台に座らせて、ケープを巻いてくれる。

「あの、水野さん……」

「うん？」

シャワーのお湯の温度をてのひらで確かめながら、水野さんは真白に顔を向ける。

「最近、紫子来ませんでしたか？」

「ああ！　来たよー。びっくりだよね、紫子ちゃん、本当に思い切ってさ」

「はい、本当に……びっくりしました」

胸の鼓動《こどう》が高まるのを感じる。真白は、思い切って尋ねてみた。

「あの……、紫子、なにか言ってませんでしたか？」

「なにかって？」

ふっと、真白の頭を昨日の茜の言葉がよぎる。

「たとえば、付き合ってる人のこととか」

「えー、恋愛の話？　してないねえ。私は興味津々だけどね、高校生の子は私相手に恋バナなどしてくれないのよ」

おどけた様子で答える水野さんは、嘘をついているようには見えない。

「じゃあ、家族のこととか……」

「そういうことも、紫子ちゃんは話さないねえ。もっぱら、部活動のお話とかをしてくれるかな」

水野さんは真白の髪をゆすぎながら、いぶかしそうに首をかしげる。

「どうして、紫子ちゃんのことをそんなに気にしているの？」

「その……。彼女、なにか悩んでいるみたいなので。水野さんになにか話してないかなって思ったんです」

「悩み？　そうなの……、聞いてないな」

「……髪も、どうしてあんなに短くしたんだろう」

この呟きに、水野さんは「ああ！」と答えた。

「髪のこと？　紫子ちゃんから聞いてない？」

「えっ、水野さん、知ってるんですか？」

真白の心臓は大きく鼓動した。水野さんは、柔らかい笑みを口許《くちもと》に浮かべて頷いた。

「あのね、紫子ちゃんは……」

真白が第一音楽室に着いたとき、紫子だけがそこにいた。

「紫子！」

真白が呼ぶと、窓際に立っていた彼女はゆっくりと振り返った。短くなった毛先が、軽やかに躍る。

「しろちゃん。どうしたの？　そんなに慌てて」

「あの……」

切り出すか切り出すまいか、ためらった。けれど、言うことにした。言わなきゃ始まらない。

「髪……、寄付したんだって？」

真白が尋ねると、紫子ははっとしたように目を見開いた。

「どうして、そのこと……」

「ごめん。水野さんから聞いた」

「そう……」

「ごめん」

重ねて詫びると、紫子は寂しそうに微笑んだ。

「どうして謝るの？」

「知られたくないことなのかな、と思って。でも、あたし、紫子が心配だったから……」

「心配って、どうして」

「だって、去年からずっと元気ない。ねえ、どうして悩んでるの？　教えてよ。あんなに大切にしていた髪、どうして寄付しようと思ったの」

「……髪よりも、大切な人がいるから」

紫子は俯いてから、すっと顔を上げた。

「やっぱり、しろちゃんには話しておきたいな。聞いてくれる？」

「うん――聞かせて」

「しろちゃん、水野さんからヘアドネーションについての説明は受けた？」

「ん。まとまった長さの髪を切って、寄付するんだよね。それはカツラにされて、小児がんや事故で髪を失ってしまった人たちに届けられる、って……」

紫子は、窓にてのひらを当てて外を見やる。

「わたしの妹――緋奈《ひな》はね、小児がんを発症してしまったの」

真白は言葉を失った。緋奈とは何度も会って親しくしている。すぐには信じられなかった。

「去年わかって……、最近も、経過はどんどん悪くなっちゃってね。がんの闘病中に髪の毛が抜けてしまった緋奈は、人に見られることを怖がるようになったの。だから、学校の友達のお見舞いも拒んで……」

紫子の目の端に、涙がにじんできた。

「だから、わたし、しろちゃんにも言えなかった。自分がこんな姿になってしまったことを、家族以外の誰にも知られたくないって……言ってたから……」

そのことを、紫子はずっと胸の内に秘めていたのだ。

そう思うとたまらなくなって、真白は紫子の手を掴んでいた。

「ごめん、紫子……無理に話させちゃって」

「さっきから、しろちゃん謝ってばっかり」

紫子は、泣き笑いみたいな顔になった。

「わたし……妹のためになにもしてあげられないことがつらかった。だから、ヘアドネーションのことを知って、髪を誰かに贈ることにした。もちろん、妹宛てにっていうことはできないんだけど。妹と同じつらい思いをしている人のために、髪を、贈ったの」

彼女はゆっくりと首を振った。

「ねえ、しろちゃん。なにもできないことって、しんどいね」

「なにもできないなんてことないじゃん……、寄付したんでしょ、髪を」

真白は紫子の手を、強く、強く握りしめた。

「大丈夫。紫子の思いは届くよ。絶対に。……あたしも、協力する」

自分の髪の毛先に、真白は触れた。

癖っ毛で、紫子の髪みたいにまっすぐではないけれど。

今まであまり、好きになれなかった髪だけど。

「あのね。紫子が髪を寄付したって水野さんから聞いて……。紫子がどうしてそれを思いついたのかわからなかったけど、あたしもやってみたいって思ったんだ。それが紫子の助けになるなら、って思って」

「しろちゃん……」

ヘアドネーションをするには、まだ真白の髪は短かった。だから、伸びるのを待つことにした。真白がそれを伝えると、水野さんは「そっか」と笑って、シャンプーをしてくれた。そのお代はいらないと言うから、なんだか申し訳なかったくらいだ。

「もし、緋奈ちゃんが落ち着いたら、お見舞いに行かせてね」

「……うん。ありがとう、しろちゃん」

紫子はぎこちなく笑って、はらりと涙をこぼした。

自分にはなにができるだろう、と真白は考えた。きっと、できることなんて、そんなにはない。どうにもならないくらい残酷な運命を前に、人間にできることは、とても限られているのだろう。

(でも、それでも――意味ないなんてこと、ないよね)

まっすぐで綺麗な、紫子の黒髪。

その輝きを思い出しながら、真白は握る手にもっと力を込めた。

おかっぱの娘たち

鳴海澪

ソースに浸したトンカツの皿を、母はテーブルに座る沙耶《さや》の前に置く。

「これをパンに挟めばいいの？　おばあちゃん」

「そうよ。バターを塗ってからこっちのお皿の千切りのキャベツを敷いて、その上にのっけるの。できる？」

「うん。できる」

肩口まで伸びた癖のない髪を揺らして頷いた沙耶は、子どもらしいふくふくした手で食パンに一生懸命にバターを塗り始める。傾げた頬に、つやつやした髪が流れ落ちて、窓から差し込む初夏の日差しにきらきらと光る。

「この子は本当に髪質がいいわ。葵《あおい》の子どもの頃そっくり」

「そうかな？　もう最近は髪が細くなって艶もいまいちで、全然だめだけど」

感心したように言う母に葵は苦笑する。学生時代は「つやつやで羨ましい」と友人たちに褒められた髪だが、沙耶を生んでからは髪質が変わった。

この間は一本白髪を見つけて衝撃を受けたくらいだ。けれど自分の失ったものが娘に受け継がれているのは嬉しいし、なんとなく誇らしい。

「来る途中で山口《やまぐち》さんに会った。来週あたり散髪に行くからお父さんに伝えてくれって言われたけど、あいかわらず家《うち》に来てくれてるんだね。たまには違うところで切りたいと思わないのかな？」

「ここの商店街はもちつもたれつだからね。みんながお客で主人なのよ」

母はため息交じりに笑いながら、沙耶が零したキャベツをさりげなく拾う。

確かにこの古い商店街は互いの努力で成り立っている。理髪店を営む葵の実家は、電気製品は安い量販店ではなく三軒隣の電気店で買うし、メインバンクは地域の信用金庫だ。母は母で、同じ町内のトンカツ屋でパートをしている。

その代わりのように、父の理髪店には近隣の人たちが客になって来ている。

「それもどこまで続くかわからないわ。お父さんは健康維持のために、ずっとやるって言ってるけれど、実のところみんないい歳になってきてるし」

「そうかあ。お父さん、まだまだ腕は落ちていないと思うけどね」

葵は小さい頃からずっと見てきた仕事中の父の様子を思い浮かべる。

楽しそうに客の他愛ない話に相づちを打ちながら、髪を切る手元に注ぐ視線は真剣で、鋏を持つ手の動きに迷いはなかった。

仕上がりを合わせ鏡で見せる父の顔には娘の目にもわかるほど自信があった。

健康維持のためというのは半分以上建前で、本音は「まだまだ誰にも負けない」という気持ちがあるからだろう。

実際父の腕は本当にいいとひいき目なしに思っていて、沙耶のカットはずっと父にお願いしている。おかっぱに切りそろえた髪は、洗髪をしても少しも乱れることがない。

「お父さんって、若い頃からけっこう上手かったの？」

「評判は良かったわよ。当時店主だったおじいちゃんより上手いって、おじいちゃんよりお客さんがついちゃったぐらい——沙耶ちゃん、これを使ってね」

ようやくトンカツをのせるところまで辿り着いた沙耶に、母がトングを握らせる。

「へぇ、それじゃあ自慢の息子だったんだね」

「親としてはね。でも職業人としてはライバル心があっただろうから、内心はムッとしたと思うわよ」

「そうなの？」

「親なんて子どもの成長は嬉しいけれど、寂しいものなのよ。いつの間にか何かで自分を追い越したり意見を言ったりするようになると、ぎょっとして一瞬拒絶しちゃうことはあるのよね」

母は自分も覚えがあるかのように苦笑する。

「店の入り口と自宅の入り口を分ける分けないから始まった、店の模様替えのときもさんざん揉めたわ。おじいちゃんにすれば頭では納得しても、息子の言うことなんて素直に聞けないって気持ちだったのかなって今になればわかるけどね。子どもが大人になっているのを認めるのって案外難しいの」

「お母さんもそうだった？」

母からあまり口うるさく言われたことがない葵は首を傾げる。

「あら、沙耶ちゃん、上手ねえ。すごく美味しそう」

パンの耳からキャベツがはみだした不恰好なカツサンドを手放しで褒めなが

ら、母は「そうね」とさらりと言った。

「でも、あなたはもう結婚をして母親になったんだから、余計な口を出さないようにって、ときどき自分に言い聞かせてるわよ。じゃないと、子どもが子どもを育ててるように見えて、心配になっちゃうのよね」

「そんなに私って頼りにならない？」

「そうじゃないわよ。ただね、親にとって子どもはずっと子どもなのよ。昔のイメージばかりが残っててね。独り立ちしてもらいたいのに、ずっと自分を頼りにする子どもでもいてほしいっていうのが、親なのかもしれないわね」

「そうかなあ……」

葵は、作り終わったカツサンドを満足げに眺める自分の娘に目をやった。

あまり手のかからない娘だが、まだまだ親の助けが必要で、疲れたときは早く大人になってくれないかなと思うくらいだ。この子が一人前になって自分の手を離れていくことを想像するのは難しかった。

「ああ、来てたのか。葵、沙耶」

店が昼休みに入った父が顔を覗かせて、嬉しそうな声を上げた。

「うん。孝志《たかし》さんが友達と釣りにいったから、ちょうどいいと思って」

「いいのが釣れるのか？」

「ううん。どうせ帰りに魚屋で何か買ってくるわよ。日曜の朝から、妻と子どもを置いて出かけたのに、成果がゼロの罪滅ぼしじゃないのかな」

「でも、趣味があるのはいいことじゃない。歳を取ったときに妻べったりっていうのもうっとうしいものよ」

先を見越した母の取りなしに、父は苦笑し、葵は「まあね」と頷くに留める。来年小学校に上がる娘の準備なども二人で相談して徐々に始めたいのにと多少の不満はあるが、いつも一緒にいたい新婚でもなかった。

「あ、そうだ。お父さん、山口さんが来週、散髪に来るって言ってたよ」

親子の気安さで結婚前と同じような口調で言う葵に、洗った手を拭きながら父も昔と同じ顔で頷く。

「お父さん、そのカツサンド、沙耶ちゃんが作ったのよ。上手でしょ？」

父の前に紅茶を置きながら母が促すと、父が「上手いなあ、沙耶。普通のカツが上等のカツみたいだ」と相好を崩す。

「ありがとう。おじいちゃん。おばあちゃんに教えてもらったの」

照れたように俯く沙耶の頬に艶やかな髪がかかる。

「髪が伸びたな、沙耶」

「あっ、ううん。そうでもないよ、おじいちゃん」

沙耶が丸い手で頬にかかった髪を耳にかけて、首を振った。

「後で切ってやる」

「お願い、お父さん」

カツサンドを摑んだ父が、皿の上に落ちたキャベツを摘んでパンに挟み直しながら「ああ、わかった」と頷いた。

「……おじいちゃん、忙しいからいい。髪はゴムでしばるから大丈夫なの」

沙耶にしては珍しく、少し強い口調に葵は軽く目を見張るが、父はそれがまたかわいいというように笑う。

「遠慮しなくていいんだよ。沙耶。おじいちゃんに任せなさい」

おどけたように胸を張って、父はトンと拳で叩く。

「そうだよ。沙耶。おじいちゃんに変な遠慮なんてしなくていいんだからね」

娘が遠慮などという大人びた感情を抱くようになったのかと驚きながら、葵はそう言い聞かせる。

無遠慮な子になるのは困るが、子どもらしさは失ってほしくなかった。

「……うん……わかった。ママ。じゃあ……おじいちゃんに切ってもらう」

気遣いをいなされてがっかりしたような沙耶に、葵は「そうしようね」と励ますように笑いかけた。

「……沙耶ちゃん。ほら、オレンジジュースよ。これ好きな味でしょ」

沙耶にジュースの入ったコップを差し出した母は意味のくみ取れない奇妙な笑顔を浮かべていた。

＊＊＊

短い前髪に顎のラインよりかなり上で切りそろえた沙耶の髪は、日の光を撥ね返して輝き、せせらぎのような音を奏でそうなほどさらさらと流れる。

葵が子どもの頃から居間に飾られている鳴子《なるこ》こけしのようだが、子どもにしては切れ長の目の沙耶にその髪型はとても似合っている。

「きれいになったぞ」

満足そうな父に葵も「ありがとう。さすがだね、お父さん」と頷く。

「ちゃんとおじいちゃんに御礼を言ったの？　沙耶」

「……うん……。ありがとう、おじいちゃん」

「どういたしましてだ、沙耶——入学式の前には切ってやるから、ちゃんと連れて来いよ、葵」

「うん。お願いするね。お父さん」

頷いた父は、予約客の時間に合わせて店に戻っていった。

「じゃあ、そろそろ私も戻らなくちゃ。魚は期待できないから、夕飯は何にしようかな」

「だったら、豚の角煮をもっていきなさいよ。今夜の夕飯のつもりだったから、ちょうどいいわ。最近のお鍋はすぐ仕上がるのよね」

そう言いながら腰軽く立った母は、電気圧力鍋に手早く材料を仕込む。

「助かるわぁ。じゃあ、遠慮なくもらっていこうっと」

腰を落ち着けてふたたび母と話し始めた葵の隣で沙耶が目を擦る。

「散髪をして疲れちゃったのかしらね。ちょっとお昼寝するといいわよ」

母に促されて、隣の和室で横になった沙耶はすぐに軽い寝息を立て始めた。

「ねえ、葵。あなた、覚えてないの？」

沙耶にハーフケットをかけた母が、居間のテーブルに戻りながら言った。

「覚えてないって、何を？」

「あなたが最初に美容室に行ったときのことよ」

「ん？　美容室？」

空を見つめて葵は思い出そうとしたが、気がついたときにはもう美容室に行っていた記憶があるだけで、最初など思い出せない。

「ちょうど小学校に上がる前だったわよ」

「えっ？　その頃ならお父さんに切ってもらってたんじゃなかったっけ？」

「自分のことは忘れちゃったのね。全く、大人になるってだめね」

母が苦笑交じりに吐息をつく。

「お父さんのカットはかわいくないからいやだって。こんな髪型なら学校へなんて行かないって大泣きしたのよ」

「嘘……」

驚く葵に、母は懐かしさ半分のしかたなさそうな顔をする。

「どう宥めてもきかなくて……だから、私と一緒に美容院に行ったんだけど、本当に覚えてないの？」

心から呆れたように言われて、葵は慌てて過去の記憶を探る。

小学校に上がる前とすると、今の沙耶と同じ年齢だ。昔と言えば昔だが、忘れてしまうような過去でもないと、考え込む視線が棚の上の鳴子こけしと合った。

――お父さんが髪を切るとこけしみたい、いやー！　絶対いやー！

不意に泣きじゃくりながら訴える自分の声が脳裏に蘇る。

入学式用に買ってもらった白い襟のついたピンクのワンピースと全然合わないと子ども心に感じた。

――茉莉《まり》ちゃんみたいなくるくるした髪型じゃないと、だめなのっ！　絶対だめ！

ワンピースを抱えて当時のアイドルのヘアスタイルにすると言い張る自分の姿がまざまざと浮かぶ。

折れた母に連れられて美容室に行った。パーマもかけなかったのでアイドルの髪型にはならなかったが、無事こけしからは脱却し、ピンクのワンピースで入学式に出た。

あの入学式の日、父は「かわいいぞ、葵」と言って、何枚も写真を撮ってくれた。

一連の出来事を記憶の隅に押し込んで忘れていたのは、子どもなりに父に申し訳ないと思っていたからなのだろうか。

「……そうだった……いやだ……」

「ね？　思い出したでしょ……お父さんの腕はいいけれど、感覚がおじいちゃんなのよ。女の子はおかっぱが一番で、かわいいって未だに思ってるの」

「私もかわいいと思うけど。沙耶にはすごく似合ってるよね？」

「当時の私たちも、おかっぱのあなたは子どもらしくて本当にかわいいと思っていたけれど、あなたはそうじゃなかった。子どもは知らない間に大人になるのよ」

寂しそうに、だが面白そうに母は言った。

＊＊＊

帰りの電車で、葵は隣に座る娘の切ったばかりの髪に触れた。

「ねえ沙耶。入学式の前に髪を切るけれど、沙耶はどういう髪型がいい？」

驚いた顔で母を振り仰いだ娘は、しばらくしてから小さな声で恥ずかしそうに言う。

「あのね、リコちゃんみたいに、フワフワにしたいの」

リコちゃんというのは、沙耶が大好きな子ども向け番組に出演している小学生アイドルだ。どうやら娘の趣味は自分譲りらしいと、葵は内心苦笑する。

「……おじぃちゃん、忙しぃのに沙耶の髪を切ってくれてすごく嬉しいけど……短く切っちゃうから少しだけ悲しぃの……」

遠慮がちに言って俯く娘の丸い頬を、葵はひどく切ない気持ちで見つめる。

こんな小さな子が自分の好みを押し殺し、彼女なりに祖父に気を遣っていたことに、気づこうとしなかったことが申し訳ない。

口数が少なく、年齢よりも子どもっぽい子だとばかり思っていたが、彼女はちゃんと大人になっているのだ。

母の言うとおり、子どもは知らない間に成長していた。

「そうか……じゃあ、少し髪を伸ばしてから、ママと一緒に美容室に行こうか？リコちゃんみたいになれるかはわからないけれど、相談してみるのはどう？」

ぱっと見あげてきた沙耶の目が、きらきらと輝く。

内気で、はにかんだ表情が多い娘の顔から素直に溢れる喜びに、葵は圧倒される気がした。

「でも……おじいちゃん、悲しくならないかな？」

「大丈夫、ママがちゃんと説明をしておくからね」

ほっとしたように沙耶が葵の手を握る。

その手の温もりは娘と心が通じ合った証のようで、葵に親としての喜びとささやかな自信を与えてくれる。

同時に、子どもがいつかは巣立っていくという事実を突きつけられた気がして、胸に微かな痛みが走った。

あの入学式の日、父はこんな気持ちだったのかもしれないと感じながら、葵は小さな手をしっかりと握りかえした。

床屋さんのいなり寿司

神野オキナ

かつて、町の床屋という場所があった。

十二畳ほどの広さ、入って片方に昇降式の専用の椅子が三つほど、片方は客を待たせるためのソファァと暇つぶしのための本が詰めこまれた本棚。

壁や天井の高い位置にはヘアモデルの写真が並び、中には俳優のものもある。

大抵その上にはテレビが置いてあって、四六時中流しっぱなしになっている。

チャキチャキと、ハサミが鳴り、バリカンが唸り、そしてひげそりの為の蒸しタオルを作る機械があって、ここが床屋と知らせる赤白青の螺旋《らせん》状のタワー看板が回転してる。

赤い革張りの椅子。その町の誰もが髪を刈ってもらったり、切ってもらったりしに来る。

だが、最近はめっきり減った。

その床屋も、そんな町の床屋だ。

「四木澤《しぎさわ》ヘアカット」という、白地に黒ペンキで書かれた木の看板が掛かってる。

タイル張りの床も銀メッキされた椅子のパーツも、鏡も全てピカピカに磨き上げられているが、同時にデザインの古さが年季を感じさせる。

その日の夕方、五十代の客がひょいと入ってきた。

大きな、黒革で地味だが高級品だと判る大きくて分厚い鞄に、同じく地味なデザインだが高級な生地を使った背広。そして今時珍しいソフト帽。

「お預かりしますね」

鞄と帽子と上着を店主の妻が受け取り、丁寧にレジの裏にあるハンガーにかけた。

「お願い出来ますか？」と穏やかな声で、七十代の店主に頼む。

丁寧に七三に分け、櫛を入れた髪はさして伸びていないようだったが、髭は二日ほど剃っていないらしく、それなりに伸びていた。

洒落者の客なのだろう、と店主は思った。

今時、こんな床屋に来る客としては珍しい。

「はいどうぞ」と椅子に誘い、ハサミを取り、注文を聞いて客の頭を整え始めた。

レジ打ちもする店主の妻が、タオル蒸し器の様子を見る。

「そういえば、このお店は一度移転したんでしたっけ？」

不意に客が言った。

「お客さん、よく知ってらっしゃいますねえ。前はね、もっと東の団地の側でしたよ」

店主は軽快に、しかし正確にハサミを使いながら懐かしそうに眼を細めた。

「いい時代でね。お客に子供が多くって。マンガ読みたさに来る子もいましたよ……あの頃、本ってのは娯楽の王様でしたねえ。特にマンガ。へへ。あたしも手塚治虫が好きでね」

ははは、と笑いながら、店主はハサミを使い続ける。

「そういえば、旦那さんは子供たちによくご飯を食べさせてくれてたそうですね」

「そうでしたっけかねえ」

店主は素っ気ない口調で首を捻った。

「今で言う子ども食堂みたいなことをしてた、って聞いてますよ」

「忘れちゃいましたよ、そんなもの。昔の気まぐれですよ気まぐれ。へへ」

ちょっと感慨にふけりながら、それでもハサミは止めない。

「とても美味しいと、聞いたことがありますよ。特にいなり寿司とからあげが美味しかったたって」

「ああ、そうですか、あはは」

店主は気持ちよさげに笑った。

「あたしね、床屋になるか、寿司屋になるか、高校卒業する時に悩んだぐらい、料理も好きだったもんで」

「何言ってるのお父さん」

床をそっと箒《ほうき》で掃きながら床屋の妻が微笑む。

「料理はわたしがずっと作ってたじゃないですか。お父さんはいなり寿司だけ。からあげ作るの、大変だったんですよ。多い時は三十人分とか作って」

「何言ってるんだい。ちらし寿司も作ったぞ」

「その二つだけだったでしょ？　沖縄で食べてからお父さん『からあげといなり寿司はセットだから美味いんだ』って……」

「いいじゃねえか、もう昔のことだ」

口を尖らせる店主を鏡越しに見ながら、客は何かを思い出すように眼を細めた。

「賑やかだったんでしょうね」

「まあ、あの頃は子供たちも元気でしたから楽しかったなあ。ウチの子たちもまだちっちゃくってね、来てくれた子たちに面倒見てもらったから」

店主は銀色にピカピカ光るハサミを止めて、この長さでいいか、と客にもう一枚手に鏡を持って確認させた。

客は頷き、作業は続く。

かけっぱなしの液晶テレビがニュースを流す音声が小さく店内を流れた。

「ただねえ、九十年代にはいってから、地上げに遭っちゃいましてね。とっくにバブル弾けちゃったのにねえ……んで、そこでここへ」

「なるほど」

「有り難いことに昔のお客さんでも通ってくれる人がいますよ」

それから、店主は作業を進めながら、四方山話《よもやま》を熟練の口調で客と続けた。

最後に髭を剃り、客のオーダーで顔の産毛を剃り、眉を整える。

そして仕上げにマッサージャーで客の肩と背中の凝りをほぐした。

「さ、お終いです」

「いやぁ、いい腕をしてらっしゃる」

椅子から降りて、客は満足げに微笑んだ。

床屋の妻が客に上着を着せ、鞄と帽子を手渡す。

「来月もまた来ます」

と客が穏やかな笑みと共に言うと、店主は、

「それが……」

と笑顔を曇らせ、そして精一杯の笑顔を浮かべた。

「実を言うと、もう今日で閉店でしてねえ……腱鞘炎《けんしょうえん》がひどいんですわ」

ははは、と右手首をさすってみせる。笑顔は少し強ばったままだ。

「あと二時間で、この店もおしまいですわ、ははは」

「そうなんですか？」

客は驚いた顔になった。

「何、まあボチボチ金は貯めてたんで、カカァとふたりしてどこか別の団地にでも引っ越しますよ、えへへ」

客は目を伏せ、黙って背広の内ポケットから財布を取り出し料金分の札を置いた。

妻がレジの中に金を入れる。

夫婦揃ってありがとうございました、と頭をさげる寸前。

「嘘ですよね……。ご店主のハサミは腱鞘炎の人の動きじゃなかった。昔通りだった」

客は顔を上げ、真っ直ぐに店主の顔を見ながら、穏やかに言い切る。

「お店を閉めるのは、ここを売り払って、一番上のお子さんの経営してた会社が、事業に失敗した借金を払うためなんでしょう？　額は確か一千万」

「……あんた、誰ですか？」

店主の顔から笑顔が消えて、不審者を見る顔になり、そして相手が客だと思い出して戸惑う。

側の妻も同じような戸惑いの表情を浮かべていた。

「今から四十年前、私は、前にあったこのお店でご飯を食べさせて頂いてました」

言って、客は深々と頭を下げた。

「母が死んで、父が酒に溺れて……私はご飯も食べられずに、父が酔い潰れて眠るまで毎日、ここでご飯を食べさせてもらってました。年末年始、お正月も」

客は顔を上げる。眼に光るものがあった。

「あの時のからあげといなり寿司、美味しかった……これは、せめてもの恩返しです。四木澤のおじさん、四木澤のおばさん」

そう言って再び頭を下げる。

「あんた……ひょっとして小笠原《おがさわら》さんちの、章《しょう》チャンかい？」

おぼろげな記憶と、目の前の客の顔をようやく結びつけて、妻が言う。

「え？　あの飲んだくれの親父さんのいた？　俺が説教した？」

思わず声を上げる店主に、客はニッコリ微笑んだ。

「ええ。おじさんが最後に親父に懇々と説教してくださって、お陰で親父は私を連れて福島の実家に戻って、立ち直りました」

「そうだったのかい……」

「依存症の治療が終わって、親父の新しい仕事も軌道に乗ったんで、親子揃って上京した際にお礼を言いに行こうとしたら、もうお店は移転してて……その後、色々あって、つい、そのままになってしまいましたが」

客は持っていた鞄から分厚い、これまで夫婦が見たこともない随分と大きな封筒を取り出し、レジの前に置いた。

レジの縦横一杯に置かれた封筒を見ると、どうやら大きな鞄の中身は、ほぼこれだったらしい。

「どうか、これ、役立ててください」

言われて、パンパンになった特大の大判封筒の中身を見た、夫婦の目が丸くなる。

中には札束が詰まっていた。

「二千万あります」

「ちょ、ちょっとまってくれ、こ、こんな大金……」

慌てて突き返そうとする店主に、

「犯罪とか、そういう汚いお金じゃありません。私がコツコツ貯めたお金です。どうか、使ってください」

そして、客はまた頭を下げ、さっと店を走り出た。

店主たちが追いすがる暇もない。

そのまま客は走って、外で待っていた黒塗りの高級乗用車に乗り込む。

「いかがでしたか、社長」

運転手が車を滑らかに発進させながら訊ねる。

「いや、よかったよ」

社長、と呼ばれた床屋の客は微笑んだ。

「回収債務リスト、面倒でもちゃんと目を通しておいてよかった…………危うく、命の恩人を路頭に迷わせるところだったよ。間に合ってよかった、うん」

何度も頷く。

「四木澤、なんて苗字滅多にないからなあ……とはいえ、うちが追い詰めたようなもんだから恩返しにはならんよな、これは」

そう呟いて、床屋の客は苦笑する。

「しかし、そんなに美味しかったんですか、床屋さんのご飯」

「ああ」

前もって彼から事情を聞いている運転手の問いに、床屋の客は微笑んだ。

「具の入ってない、甘味の少なくて酸味の強い、大きないなり寿司でね」

懐かしそうに眼を細める。

「あの、おじさんの作るいなり寿司とちらし寿司、おばさんの作るからあげは、私にとっては命の味だったよ…………」

床屋の客は遠い目になった。

「あの時おじさんに親父が説教されて『これからは、いい親父になる』っていってくれてさ、酒を全部流し台に棄てて、淹れ立ての熱いお茶と、おじさんたちが置いてってくれた、いなり寿司とからあげを一緒に食べてね……冷え切ってたけどねえ。本当に美味かったんだ」

床屋の客は口を閉じ、心地よい沈黙が車内に落ちた。

「今も、あれ以上に美味いいなり寿司は食べたことがない」

と、少し湿った声で床屋の客は、言った。

「奥様のもですか？」

しめやかな空気をそっと払うように、運転手の声に笑いが乗る。

「いや、妻の料理は別だよ」

そう言って、床屋の客は軽やかに笑った。

「ああ、それにしても今日はいなり寿司が食べたいな……うん、そうだ……いなり寿司がいいな。デパートに寄ってくれ」

「はい」

床屋の客を乗せた車は、穏やかに夕焼けの街中を去っていった。

「四木澤へアカット」は、その翌日も店を開けた。

そして、その二年後の暮れ、店主の息子が会社を無事に畳んだあと、床屋の修業をした結果、なんとか代がわりして、元の店主は繁忙期以外、主に店先で孫を抱っこするようになった。

あの時の客は、二度と床屋を訪れることはなかったが、元店主夫婦は、その時の封筒を丁寧に小さく畳んで、店の神棚に奉り、元店主の作るいなり寿司とその妻の作るからあげを月に一回作って備えているという。

欲しいもの全部あきらめても

朝来みゆか

今月も四万円超えか。高校一年生のお小遣いとしては多すぎるよなぁ……。

スマホの家計簿アプリをにらみ、瑠璃子《るりこ》は首をぽきぽき鳴らす。

美緒奈《みおな》が通う中高一貫の私立女子校には、裕福な家庭のお嬢さんが多い。うちには分不相応なんじゃないかと入学前に夫は心配していたけれど、倍率四倍を見事に突破してくれたのだ。おかしな保護者はいないし、教員の質にも満足している。ただ、金銭感覚の影響を受けることまでは考えが及ばなかった。

昔はよかった。美緒奈が幼い頃。プリンセスグッズもキャラクター文具も、瑠璃子が買い与えたものを喜んで使ってくれた。

娘の好みを把握できなくなった今は、「お母さんが買っておいてあげる」では済まないのだ。

一度に渡す額は二千円か三千円、多くて五千円だが、回を増せば額が膨らんでゆく。

家計簿を閉じ、ＬＩＮＥを開く。

「ねぇねぇ」のスタンプを送る相手は、美容師の結実《ゆみ》だ。同じアイドルを推す仲間。ちょうど店休日だからか、すぐ既読になった。

『ちょっと聞いてもいい？　度々お小遣いをせがまれて結構な額になってるんだけど…』

『娘さん？　欲しがったらあげてるの？』

『うん』

『何に使ってるんだろ』

『参考書とか、友達と遊びに行くって』

『なるほど』

『なんだかんだで月に四万』

『うわー』

『多いよね…』

『自力で稼ぎなさいって言ったら、今どきはおかしな犯罪に巻き込まれることもあるからね。家のお手伝いさせて小銭あげるルールがいいんじゃない？　うちはモップがけとかトイレ掃除やってもらってる』

なるほど。労働の対価として金銭をもらうのは当然だ。先輩ママである結実のアドバイスは具体的で、強い。なんだか力が湧いてきた。

ところが、事態はさらに悪化した。美緒奈の仕業に違いないが、瑠璃子の財布からお札が消えるようになったのだ。

抜き去る現場を押さえない限り、犯人扱いするわけにもいかない。

掃除やアイロンがけの報酬をこつこつ貯めるのは、性に合わなかったのか。手っ取り早く、まとまったお金が欲しいのか。

週末、外出する美緒奈を素知らぬ顔で見送り、瑠璃子は夫の古いジャンパーをはおった。スキー帽……はかえって目立つから却下。これも夫が使わなくなったキャップを引っ張り出してかぶる。マスクを装着すれば、花粉症対策のフル装備といった感じだ。鏡に映る自分に苦笑いし——尾行を開始する。

電車に乗って、新宿へ。雑踏を泳ぐように進んでいく娘は、家にいるときとは違う表情をしていた。

でも、娘だ。実の子だ。見失うはずがない。

一定距離を保ちながら、後をつける。

美緒奈の待ち合わせ相手は、男の子だった。なかなかの美形である。やるじゃないか、と思ったのは初めだけで、徐々に瑠璃子の気は重くなってきた。

食事代、ゲームセンターで遊ぶ小銭など、支払うのは常に美緒奈だった。デート相手の少年は一円も出さずに突っ立っている。

どういうことなの。親のお金を盗って、男に貢いでいたわけ？

柱の陰で瑠璃子は唇を噛んだ。

何やってんのよ。ほいほいお金を出して、都合のいい女に成り下がって。

少年にも腹が立つ。お礼の一つ言うどころか、嬉しそうなそぶりすら見せない。うちの娘をただの金づるだと思っているわけ？

会話が聞こえる距離まで近づくことはできなかったが、二人の雰囲気はどこかぎこちない。つき合い始めて間もないのか。一体どういう関係なのか。

マルイで服を買い、彼に与える場面に至って、瑠璃子の怒りは最高潮に達した。こめかみの血管が何本か切れた気がする。決めた。美緒奈の手の届かない場所に財布を隠そう。


「……というわけ。とんでもないでしょ？　あなたから何か言ってやって」

「楽しそうで何よりだなぁ」

「え？　話聞いてた？」

「聞いてたよ。ご飯食べて、ゲーセンに行って、それから買い物だろう。いかがわしい場所所じゃないなら問題ないと思うけど」

夫の寿行《としゆき》はのんきに箸を運び、テレビに目をやった。チャンネルを変えたいのだろうが、リモコンは瑠璃子が握っている。

「相手の男の子は一銭も出してない。美緒奈が払ってるのよ。全部よ、全部」

「前回おごってもらって、今回は美緒奈の番なのかもしれない」

「そんな風には見えなかった。とにかく雰囲気がおかしいんだってば」

「じゃあ、俺に愚痴ってないで、本人に問いただせばいい。女同士の方が話しやすいだろう」

「大黒柱はあなたでしょ。元はあなたが稼いできたお金よ。気にならないの?」

「何に使うかは自由だし、何事も勉強だからな。ところで美緒奈はもう寝たのか?」

「とっくに寝てます。……言っときますけど、もし美緒奈にお小遣いねだられても簡単にあげないでちょうだいよ。あの子には、お金の価値ってものを一から教え込まなくちゃ」

感情が高ぶってしまい、ベッドに入っても寝つけなかった。

夫の寿行は隣で高いびきだ。こんなにも大きな音を立てながら眠れるのが信じられない。

美緒奈がいらいらしている。リビングにいるときも、スマホを手放さない。

瑠璃子と目が合うと、すっとそらす。

「今日は、どこか行くの?」

「……そんなこと聞いてどうすんの」

「ご飯の支度とかあるし、一応把握しておきたいのよ」

「いつもこっちの予定も聞かずに用意してるじゃん。変なの」

機嫌の悪さを隠さず、乱暴な音を立てて二階へ上がってゆく。

家のお金の隠し場所を見つけられないせいで、あの少年と会えない。だとすれば瑠璃子の勝ち。作戦成功だ。


次の土曜、寿行の会社の後輩が来るため、瑠璃子が台所に詰めていると、玄関から美緒奈が出ていった。

「ちょっと、あなた、追いかけて」

「ああ？」

「美緒奈が」

「友達と遊ぶんだろう。そう言ってたぞ」

「え、そうなの？」

あの少年と会うんじゃないのか。友達というのは学校の女の子か。

いや、美緒奈が父親に本当のことを話したとは限らない。

「やっぱりわたし見てくる」

「へ？　おい、ちょっと」

あわてて外に出てみたものの、鍵も財布も持たずに追いかけても意味がない。

それに今日は変装もしていないのだ。

やきもきしながら家に戻り、心ここにあらずの状態で、夫の部下たちをもてなした。自分の人生はこんなものだと思う。夫は頼りないところもあるけれど、そこそこ出世してくれて、ギャンブルもやらない、いいひとだ。

でも――でも。

何か足りない気持ちになるのはなぜだろう。これでいいのかな、と思いながら一年、一年が過ぎてゆく。

美緒奈には、もっと違う人生を送ってほしい。

部下たちが辞去した後も、美緒奈は帰ってこなかった。

「遅くない？　遅いわよね」

「携帯に連絡してみたら」

「してる、けど無視される」

「うーん……まぁ、まだそんな騒ぐ時間じゃないだろう。映画館で電源を切ってるのかもしれないし」

「……あ」

ＬＩＮＥの着信は、結実からだった。

『美緒奈ちゃんが来てくれたよ』

無事だった。

「結実さんから連絡。美緒奈、髪切りに行ってたみたい」

「な、心配無用だろ。もっと子どもを信じた方がいいよ」

皿を洗いながら言う寿行に、そうね、と返す。お金をくすねられても子どもを信じるなんて、瑠璃子には無理だ。

『それはお世話になりました。親には行き先を教えてくれないから心配してたの』

送ると、すぐに結実からのメッセージが届いた。

『お母さんに謝りたいって言ってた』

どういうこと？

もし、お金の件を反省しているのなら、我が娘ながら見直そう。


帰宅した美緒奈の髪は、短く切られていた。肩甲骨あたりまであった長い髪が、今は耳あたりまでしかない。

瑠璃子は動揺を抑えて微笑みかけた。

「ご飯は？　お風呂も沸いてるけど」

美緒奈は小さな声で、お風呂、と答えた。

やがて、風呂場から泣き声が聞こえてきた。うう、うう、とうめくような泣き声に胸が締めつけられる。我が子が傷つき、ひそかに泣いている。親にとってこれほどつらいことはない。

いじめの標的になったのか、それとも失恋か。

友人たちとはうまくやっているはずだから、きっと後者だ。

あの少年。顔はいいけれど、性根が腐っている。

女子にたかるような男とは別れて正解。これでよかったのだ。

だけど、好きだったのだろう。

きっと美緒奈は、あの綺麗な顔の少年の隣に自分がいる、その構図に舞い上がってしまった。涼しげな目で見つめられ、優しい言葉の一つでもかけられて、骨抜きになってしまったに違いない。

アイドルなら見た目で選ぶのはありだ。手の届かない観賞用の存在だから。

でも、現実の男は違う。男を見る目について、母親の自分が教えておくべきだった。

髪に関する苦い思い出がある。

ちょうど今くらいの季節だった。三つになるかならないか、ハサミで色紙を切る作業に夢中になった美緒奈は、「ちょっきん」と舌足らずな声で言いながら、次から次へと短冊状の紙を切っていた。そして、瑠璃子が目を離したすきに、自分の髪を切り落とした。

「何やってるのっ」

細い黒髪がまばらに床に散っている。

ぽかんとした美緒奈の耳、頬……どこも血は出ていない。

「危ないでしょう？　これはしまっておきましょうね」

「ちょっきん！　ちょっきん！　もっと！」

美緒奈は幼い語彙で抗議し、しばらく泣いていた。

髪が元の長さに伸びた頃、しまっておいたハサミを与えたものの、美緒奈はすっかり興味を失っていた。

子どもの芽をつぶすような真似をしてしまった。子育ては後悔の連続だ。

風呂から出てきた美緒奈の短髪は、見慣れないものの痛々しさはなかった。

さすが結実の技術。

美緒奈は食卓につくと、手を膝に置いた姿勢で、お母さん、と言った。

「他の欲しいもの全部あきらめても、これが欲しいって思ったことある？」

「え？」

「急に言われても困るよね。ごめん、変なこと聞いちゃった」

「ううん。ある」

「……あるんだ？　もしかして、お父さん？」

瑠璃子は吹き出した。

「そんなわけないじゃない」

「だよねえ。あ、お父さん二階？」

「そう。会社のひとが帰ったら、早々に引きこもっちゃった。休みの日まで仕事の話をして疲れたみたい」

「そっか。お父さんじゃないとしたら……結婚前の大恋愛とか？」

「ないない。そういう華やかな思い出は、残念ながら」

「就きたかった仕事とかもないよね？　女子アナ目指してたみたいな話も聞いたことないし」

「あなたよ」

「え？」

「わたしは、自分の子どもが欲しかったの。この先、贅沢なものは一切食べられなくてもいい、おしゃれできなくても、親の死に目に会えなくてもいいから、血を分けた子が欲しいって思ってた。生まれてきたのがあなたよ。あなたが生まれてきてくれて本当に嬉しかった」

美緒奈は真顔から驚愕、そして苦笑へと表情を変えた。

「めっちゃ望んでもらったわりに、大してできのよくない子どもでごめんね」

「こちらこそ、至らない親で申し訳ないと思ってるわ」

「結実さんが、綺麗な髪だってほめてくれた。お母さんと同じだって。遺伝だよね」

ありがとう、とまっすぐ見つめられて、今度は瑠璃子が動揺する番だった。

ありがとう、だなんてそんな。瑠璃子を母親にしてくれたのは美緒奈で、もうそれだけでこっちが百万回はありがとうと言いたいくらいなのに。

この子を、邪険にするなんて。

許せない。あの男。この先ずっともてない人生を送ればいい。でも、どれほど駄目な男でも、美緒奈がそこまで欲したのだ。成就させてやりたかった。

胸の奥でよじれた葛藤が喉からこみ上げ、涙になる。

「お母さんもお風呂入ってくるわ。お皿洗っておいて」

「わかった」

幼い恋を終わらせる儀式を、プロの手を借りて行《おこな》った娘。親のお金を使った罪悪感もきっと自分で消化して、いつか本当に欲しい何かと出会うだろう。

だから瑠璃子は訊ねない。叱るつもりももうない。

美緒奈。この世でたった一人の、愛しい子。

一緒にいられる時間はあとどのくらいあるのかな。

PROFILE 著者プロフィール

頭パープル
鳩見すた
第21回電撃小説大賞《大賞》を受賞しデビュー。著作に『ひとつ海のパラスアテナ』(電撃文庫)、『アリクイのいんぼう』(メディアワークス文庫)、『こぐまねこ軒』(マイナビ出版ファン文庫)など。

自由に、軽やかに、美しく。彼女は歩く
溝口智子
星新一のショートショートを読んで育つ。小学校五年生まで、工場には人が居ず、フルオートメーションが当たり前だと思っていた。マイナビ出版ファン文庫に著作あり。お酒を愛す福岡県在住。ちゃぶ台前に正座して執筆中。

床屋のとーちゃん
ひらび久美
大阪府在住の英日翻訳者。『福猫探偵～無愛想ですが事件は解決します～』『Sのエージェント～お困りのあなたへ～』(ともにマイナビ出版ファン文庫)のほか、恋愛小説も多数執筆。読書と柑橘類と紅茶が好き。

31センチでつながる
矢凪
千葉県出身。ナスをこよなく愛すフリーライター。『茄子神様とおいしいレシピ』が「第3回お仕事小説コン」で優秀賞を受賞し書籍化。柳雪花名義の著書に『幼獣マメシバ』『犬のおまわりさん』(竹書房刊)がある。

波の花
杉背よい
著書に『あやかしだらけの託児所で働くことになりました』(マイナビ出版ファン文庫)、『まじかるホロスコープ☆こちら天文部キューピッド係』(KADOKAWA)など。石上加奈子名義で脚本家としても活動中。

名もなき花でも咲きほこれ
猫屋ちゃき
乙女系小説とライト文芸を中心に活動中。2017年4月に書籍化デビュー。著書に『こんこん、いなり不動産』シリーズ(マイナビ出版ファン文庫)『扉の向こうはあやかし飯屋』(アルファポリス)などがある。

訪問美容アミ

浜野稚子

２０１７年『レストラン・タブリエの幸せマリアージュ』（マイナビ出版ファン文庫）でデビュー。関西在住。うっかり出てくる独り言をなんとかしたい年頃。推敲作業が好き過ぎて文章の完成に時間がかかるのが目下の悩み。

前よりも、可愛くなあれ

桔梗楓

恋愛小説を中心に執筆。趣味はコンシューマーゲームとレジン制作。著書に『河童の懸場帖東京「物の怪」訪問録』（マイナビ出版ファン文庫）、『京都北嵯峨シニガミ貸本屋』（双葉文庫）ほか。

黒髪のゆくえ

楠谷佑

富山県富山市生まれ。高校在学中の２０１６年、『無気力探偵～面倒な事件、お断り～』でデビュー。２０１８年、『家政夫くんは名探偵！』（ともにマイナビ出版ファン文庫）を刊行し、シリーズ化。

おかっぱの娘たち

鳴海澪

恋愛小説を中心に活動を始める。恋愛小説の個人的バイブルは『ジェーン・エア』。動物では特に、齧歯類と小鳥が好き。既刊に『ようこそ幽霊寺へ～新米僧侶は今日も修業中～』（マイナビ出版ファン文庫）などがある。

床屋さんのいなり寿司

神野オキナ

沖縄県出身在住。主な著書に『カミカゼの邦』『警察庁私設特務部隊ＫＵＤＡＮ』（徳間文庫）『（宵闇）は誘う』（ＬＩＮＥ文庫）『タロット・ナイト』（双葉社）など。最新刊に『国防特行班Ｅ５１０』（小学館）。

欲しいもの全部あきらめても

朝来みゆか

２０１３年から、大人の女性向け恋愛小説を中心に活動中。富士見Ｌ文庫にも著作あり。ペンネームは朝型人間っぽいですが、現実は毎朝ぎりぎり。玄関を出てから忘れ物に気づくのはもう卒業したいです。

この物語はフィクションです。
実在の人物、団体等とは一切関係がありません。
本作は、書き下ろしです。

Fan ファン文庫 TearS

美容室であった泣ける話

2021年３月31日　初版第1刷発行

著　者	鳩見すた／溝口智子／ひらび久美／矢凪／杉背よい／猫屋ちゃき／浜野稚子／桔梗楓／楠谷佑／鳴海澪／神野オキナ／朝来みゆか
発行者	滝口直樹
編集	ファン文庫Tears編集部、株式会社イマーゴ
発行所	株式会社マイナビ出版
	〒101-0003　東京都千代田区一ツ橋二丁目6番3号 一ツ橋ビル　2F TEL　0480-38-6872（注文専用ダイヤル） TEL　03-3556-2731（販売部） TEL　03-3556-2735（編集部） URL　https://book.mynavi.jp/

イラスト	sassa
装　幀	坂井正規
フォーマット	ベイブリッジ・スタジオ
DTP	田辺一美（マイナビ出版）
印刷・製本	中央精版印刷株式会社

●定価はカバーに記載してあります。●乱丁・落丁についてのお問い合わせは、
注文専用ダイヤル（0480-38-6872）、電子メール（sas@mynavi.jp）までお願いいたします。

 ISBN978-4-8399-7516-6

Printed in Japan

Fan
ファン文庫
TearS

旅先であった泣ける話

そこで向き合う本当の自分

著者／南潔・猫屋ちゃき・迎ラミン　ほか
イラスト／456

あなたが最後に泣いたのは、
いつだったか覚えていますか？

いつもとは異なる環境に身を置くことで
見えてくる、自分の新しい側面。
そして、新しい人との出会い。